陈初越 著

SPM 南方出版传媒
花城出版社
中国·广州

图书在版编目（CIP）数据

白鸟青山 / 陈初越著. -- 广州：花城出版社，2022.1
ISBN 978-7-5360-9309-6

Ⅰ. ①白… Ⅱ. ①陈… Ⅲ. ①诗集-中国-当代 Ⅳ. ①I227

中国版本图书馆CIP数据核字(2021)第241627号

出 版 人：	肖延兵
策划编辑：	林宋瑜
责任编辑：	林 菁　揭莉琳　梁宝星
技术编辑：	薛伟民　林佳莹
封面题字：	陈世馀
封面设计：	杨 赓
版式设计：	林艺珍

书　　名	白鸟青山 BAINIAO QINGSHAN
出版发行	花城出版社 （广州市环市东路水荫路11号）
经　　销	全国新华书店
印　　刷	佛山市浩文彩色印刷有限公司 （广东省佛山市南海区狮山科技工业园A区）
开　　本	880毫米×1230毫米　32开
印　　张	6.875
字　　数	80,000字
版　　次	2022年1月第1版　2022年1月第1次印刷
定　　价	52.80元

如发现印装质量问题，请直接与印刷厂联系调换。
购书热线：020-37604658　37602954
花城出版社网站：http://www.fcph.com.cn

序一：诗词虽古，其命惟新

刘斯翰

初越能诗，闽中之佼佼者也。尝持一卷来贶余，其人温温然，有孺子之色。余阅既竟，喟然而叹："昔定庵论诗，特赏赤子之心。观堂论词，复以赤子为言。是知所谓诗人气质实无过于此。初越其有赤子之心者耶！"余又见其为诗用心甚细，体察入微，因念，倘使移其笔作词，或将更有所契合。

词之与诗，其实一也，亦犹五言之于四言，歌行之于乐府，以其后出，法度转精。盖词调式众多，句式参差而倚于音律，直可视为格律诗与乐府之合体，又经二百年间两宋才人磨砺淬炼，而终成大器。今之世，开放之时也。人生选择空前宽广，个性亦得以尽情发挥。古人云：诗言志，词言情。言志则规范为主，言情则自由是归。今之人，其欲激扬文字，肆其情怀，未有便于词者矣。

余以此意告初越。由是作词益多，时一见示，或加探讨。前数日，自闽寄来《变苍词》一卷，并求作序。泛览之馀，回思前事，忽忽竟已十年。初越编是集也，亦历经十年，未知其习作几何，今之删存，得百数十阕，盖亦勤矣。又其使用词调之多（粗略计之，得六十五调），风格取法之广（正体之外，又有若干变体如谐谑、流俗、禅理、汉俳，又参用今语、时尚语、流行语），在在显示十年间锐意探索。一言以蔽之曰：肆意出奇，故意效俗，刻意求新，而又不忘本色。较之同时人为词斤斤于模拟者，不可同日语也。

试举数例以见之：一、肆意出奇。如《眉妩·机上看新月》（忆扶摇翼下）。二、故意效俗。如《踏莎行·辣子鸡丁》。三、刻意求新。如《蝶恋花》（检点青春云水册）。四、本色佳制。如

《虞美人》（西窗骤下侵霜叶）、《解连环·用梦窗韵》（冻云千结）。

前面三种，皆词家之探索，无论成败而其志可嘉。盖一时代有一时代之特色，诗词虽古，其命惟新，古人云："若无新变，不能代雄。"有以也乎！而后面一种则为词家之根基，当此中华民族复兴之际，又经百年西风东渐之后，窃以为"反本开新"仍是必由之路。近见词界才士有完全摆脱传统之创造，欲以一己之力，而开一世之风，则未免自视过高。初越则不然，其所制作，大半脱胎于传统，颇具功力，而又参以己意，时务出新。至所咏叹，更与今时息息相通，题材之生鲜，情怀之真挚，直是活在当下，绝非无病呻吟。

余愿初越保赤子之心而勿失，更深入两宋诸名家之妙境，勇猛精进。更十年后，当可无愧古贤，导来者以先路。初越，岂有意乎？

庚子闰四月初一识于羊城童轩

序二：白鸟青山集序

罗 韬

持之毕业上庠，乃逾岭南来，就职报馆，余遂得握手相识。时同伍之鲜衣少年，俱吞吐颖异，独持之颇讷于言，侧坐于高谈放议之席，初无异人之象。时当跨越千年之际，同事有游欧访美之行，电发文图，随日付梓，持之偶题语体诗于图侧，着语灵妙，神思遄飞，余一见异之，读之不忍释手。及同事归，接风以酒，微醺之顷，持之低回一曲，掩抑尽致，意馀于句，韵出于心，座中至有泣下者。余知其衷中有一段非凡之度，非文字所能尽者。后侧闻其负笈京师之日，即以新诗见称于师友间。其人弢锋匿彩，于人海中泯然无我；又独立不群，于广座中翛然见性。其为诗为歌，是心中之情不能缚者；当其块然自处，面湖山而不语，则犹昭文之不鼓琴也。余因叹曰：默而和厚，发而中节，气宇冲淡而无纵横习气，是持之之过人处也。

后持之揖别他往，二十年矣，音信断续，其间世变之剧，有非智叟才人所可逆料者，持之应之，又当如何？

庚子之夏，余避疫乡居，忽得持之旧体诗词集，裒然成帙，皆别来所赋也，或于山巅水涯，抒其襟抱；或于古事今情，寓其寄托；或于国步私谊，尽其忧欢。其诗以唐为面，以宋为骨。摛文渊雅，无碍其心忧当世；着语尖新，不妨其尚友先贤。斯集之作，与昔之所为诗大异；而所异者，时势之异也，而其中深情远韵，又何尝有所异耶。

或有谓：新诗人而归古典，无异折新旗而降旧垒。狭哉斯言！钱默存尝论诗云："有古人而为今之诗者，有今人而为古之诗者，且有一人之身搀合今古者。"余进而有言曰：以诗情论，世有真诗伪诗之分，而无新诗旧诗之别也。夫为诗者，言必心生，语必情切，词能达己意，句足开新境，此中唯以真伪判胡越，而尽可新旧共肺肝也。犹唐音宋调，以为风格之别则可，强分门户则不可。等而下之，以虞山、秀水为区限，以格调、性灵作派分，风斯下矣！而划新诗旧诗为鸿沟，得无五十步笑百步之讥？

先秦之四言，东汉之五言，魏晋以后之七言，其风调之别，何减于今日新诗旧诗之异？试读韩昌黎集，其中《圣德诗》《猗兰操》诸篇，俱为四言，置于三百篇不能辨；而长篇大句，为五言，为七言，为杂言，不可胜计。所谓"文起八代之衰，道济天下之溺"，其具体而微，正在上不废三代之古，下能尽在我之心。独步行吟，一破新旧之町畦，脱然如透网之鳞，其间自有古以激时流，新以矫陈弊之志。此昌黎旧集之深意，亦持之为诗之初志乎？

庚子小暑于番禺南村

目 录

第一辑 七律三十九首 / 001
第二辑 五律四十三首 / 022
第三辑 七绝九十六首 / 045
第四辑 五绝三十一首 / 078
第五辑 古风歌行四十八首 / 089
第六辑 词一百五十四首 / 121
第七辑 现代诗四首 / 198

跋 应是鸿蒙借君手　余世存 / 203
后记 陈初越 / 207

第一辑　七律三十九首

（庚寅至庚子之什）

浮生步陈肩(二首)

一

浮生万事取欣然。尽日花边与柳边。

灼灼枝头深雨露,溟溟亭下淡风烟。

青山毕竟犹知己,白鸟分明共一天。

笑语盈盈何处是?柔光疏影觅秋千。

偶然和尚评:青山白鸟一联,气兼坡谷,神游唐宋。

二

锦山绣海总湮然。莫遣千愁到砚边。

老鹤滩头聊顾影,苍龙塞上倦耕烟。

楼衔秦汉之前月,虫语华夷以外天。

大匠门前休措手,不如合掌礼三千。

答赠大埔步堂

何时不可静风尘。珍重樽前有限身。
莫眷湖光成远客,稍分月色到佳人。
种松长待张幽径,赁屋唯难舍旧邻。
倘有新诗须馈我,知君终食不违仁。

步堂先生斯时北漂无偶,于京郊卢沟桥畔,时时独酌独哦。

庚寅秋回中国人民大学感怀

都下秋风一味凉。归来蓬首曝书堂。
春溪花水初寻径,夜铎星程渐履霜。
旧社已湮青使渺,新妆更逐锦衣忙。
吟怀汗漫无从写,银杏徐铺满地黄。

奇 弄

且从正始觅元声。白雪才挥神物生。

浩浩松风腾壑气,飞飞海鸟避人情。

余晖独怆嵇中散,长啸悬知阮步兵。

一自广陵奇弄歇,只今青眼向谁横。

庚寅赠胡马

斯世斯文不可论。一人负手立微暄。

神寒眸剪三春水,骨重襟飞五柳门。

肯使风骚夷变夏,欲扶蒙养气归元。

补天素志天知否,之子来兮叩帝阍。

庚寅秋游鼓山

芒鞋布袋偶来归。一径西风入翠微。
寺畔池鱼犹簇簇,林间野鸟自飞飞。
停云禅磬敲昏晓,过雨松针湿屐衣。
自笑尘中无所得,廿年辜负好山晖。

读史感事

凤鸟冲霄讵可罗。已盱成住坏空多。
灵均天问曾书壁,逸少抄经偶换鹅。
歌对长川孤月发,人从纷雪碛风过。
旧邦不死还新命,词笔都濡四海波。

初　秋

久矣尘嚣汩我真。每思抱瓮与天邻。

孤光自照千江月，素志相期五柳巾。

白马蹄中风逐影，红羊劫后海扬尘。

穷观造化多消息，刻下秋风最解人。

照　相

定住湖山百态春。金睛炯不著微尘。

传神写照由阿堵，犯雪冲风记此身。

千顷下来双白鹭，万花小立一佳人。

容光何必嬟妍辨，小幅温存倘认真。

旧　影

莫向生平叹转轮。子期赋旧太伤神。

广陵不复云间曲，蝴蝶谁犹梦里身。

劫火早销三界业，电光空映百年春。

回看风物娟娟净，林下萧然立一人。

辛卯年元月初六游洪塘金山寺与美乾先生江边对弈

二十三年履旧游。依然石塔峙江流。

山川有待何人借，忧乐无端谅自求。

聊向纹枰闲着子，漫看细草渐生洲。

无穷世局无穷劫，一夜春风古渡头。

偶然和尚评：宋人语曰"岁满乞骸何处好，仙棋一局烂柯山"，正可写照。

辛卯春敬呈童轩师步韵

唤起唐贤共一天。蕙风吹下曲江湾。

小蛮楚楚犹怜影,夫子忻忻自乐山。

幸侍松身听鹤语,敢劳花信驻童颜。

越王台畔水荫路,一种芬馨指顾间。

辛卯吾从岭南童轩先生学词。先生厝于水荫路,每课择宋词一二首,以粤语为余解说。

辛卯春有感

书剑无成任笑怜。椠铅事业几时捐。

须惭蹇足难行远,应羡灵椿不记年。

正睹南鸿飞北海,欲从东市顾西阡。

犹思卧鼓闲庭院,几点槐花落客前。

敬呈栾老

知其不可亦悠然。一缕心香信可传。

区夏风云搜日历，汉唐文献饱全编。

伤麟孰解尼山意，负米由知子路贤。

莫笑十年无立地，已拈奇石补苍天。

学者钱锺书创立中国古典数字工程，栾贵明先生是其助手，钱每以"子路"视之，以其人无宿诺、伉直好勇也。

辛卯六月初二自京返番禺定居

六月蕉花照客衣。故园嘉木又添肥。

疏篱不碍凉飔入，短笛能牵旅梦归。

一室芸香应有待，四山蛮语定无违。

灯前自写平生乐，妻子相将赋采薇。

渔之评：淡而有味。

辛卯中秋感怀和肩道人（二首）

一

吹梦天风近阑干。十分满月要人看。
抟将四海成同乐，不许孤光各自寒。
玉想定鞭灵物起，翩鸿岂与旧枝盘。
吟成奇句当空掷，银汉微微为起澜。

二

独向芳园倚碧栏。旧时月色惘重看。
喁喁私语人何在，漠漠清辉臂自寒。
澄水遥依芳渚度，馀欢尽向素秋盘。
低眉久诩心无惑，底事翻回一线澜。

七 夕

鸾诏年年阻玉津。天孙瘦减孰怜真。

飞梭不灭空中恨，横笛唯吹水上粼。

只道紫霄无白发，底知丹阙亦红尘。

骑牛此夕同携畔，也胜冲虚各自巡。

闽江怀古

解衣盘礴钓龙台。百二河山豁眼开。

旗鼓欲迎星使下，风霆又挟海涛来。

伏尸名士情非贱，投老清流事尽哀。

谁为神州留故垒，无言且覆掌中杯。

偶然和尚评：一气而下，海天生色。

咏海藏楼

秋声能撼楚魂醒。况有寒英簇晚亭。

鸦背残阳临渡冷,劫馀棘句影灯青。

应怜负气终轩轾,不信尊王竟杳冥。

愁绝微吟重九日,征鸿一片带霜听。

童轩评:沉雄警炼,后来谁匹。

孙行者

绝顶风流俺老孙。万仙筵上耀朱臀。

自凭神铁千钧力,岂乞灵霄半点恩。

古佛逢时须下座,老妖语著诫开门。

金睛识破人天诳,打出轮回又一村。

我爱孙行者,以从不肯受人瞒也。

白帝城感事

昔,受友人宇峰之邀,自沪溯江而上,入蜀游白帝城。

十月秋高帝座寒。披衣独立吊江干。
白芦欲上瞿塘月,赤甲[①]犹听滟滪澜。
怯语中流危有坝,羞传两戒定如盘。
绝知一种戡天意,不到天倾势不殚。

①赤甲,亦作"赤岬",在四川奉节东。

贵阳川上子寄赠旅馆杂志

把臂何人与入林。天南遥想骨清森。
千寻贝阙旋群蚁,一瞬风衢立夕阴。
香驿久违春日信,断章聊寄少年心。
浮生处处如传舍,赖有清吟动月砧。

蹬 车

白日能争几局棋。中年易感涉秋悲。
欲存烂漫栽无地,偶倚慵疏嚏有时。
高阜蹬车天漠漠,古围纵目雁迟迟。
依稀一段风和月,送与堤前髡柳思。

龙岩表弟婚宴以诗贺

红坊晏坐紫金山。土屋烟村翠麓间。
溅石清泉来活活,投林白鸟唱关关。
交亲有喜须谋醉,父老相逢更解颜。
最是欢娱嘉宴罢,挑灯酣赏采茶班。

  吾外婆家于龙岩新罗区红坊镇。此地风俗,婚宴之后,看采茶班歌舞。

岁　晚

岁晚风中一掉头。曾携吾爱坐深秋。

嗟予顶帖真成癖，笑彼拈花未解愁。

关闭莫叹成独鹤，潮回须信有盟鸥。

倩君放眼青山外，瞬息花开大九州。

癸巳年秋侍父步藤山

藤山日寂绿透迤。遥想衣冠下海陂。

微命逃矰初刷羽，老髯着地渐开枝。

中州淑气回谁抱，固始元音烈未移。

小坐荫垣吹铁笛，鬖云花雨为深垂。

　　吾家其为晋人衣冠南渡之苗裔乎？噫，不可考矣。然闽音甚烈，似犹有汉晋遗意。

连日尘霾读元人山水

累日消沉盹小楼。溪钟入梦倘能游。

拟将落叶托流水,更送飞鸿度远秋。

泛渚荻花谁识我,截天枫色未羸愁。

云林洁癖今难矣,故国青山已垢头。

甲午西昌行敬呈蒋邦泽教授

又是繁樱四月时。沉吟瑶札到邛池。

神禽异穗非唐瑞,海水枯桑有汉诗。

蛮箐曾容奇士隐,雅操岂逐郑声移。

也知学必由乡始,庆幸西来尚有师。

　　唐孙樵《序西南夷》:"世之言唐瑞者,徒曰肉角格、六穗稼、天酒泫庭、苑巢神禽。樵则曰:二国文学也。"按:二国指南诏与新罗。凉山州旧属南诏国。

赠庶矣斋（二首）

一

蜗角仙乡尽可庐。知交赖有古人书。
鹭藏明月毫谁辨，松引清风干自舒。
万物莫将蝉翅易，卮言微与世情殊。
我来细谛曹溪水，活活源流总不虚。

二

白云山下访精庐。中有天民自著书。
阐发前修当佽永，打通后壁觉春舒。
气超北海抟鹏翼，禅解南华雨曼殊。
坐到无心根境泯，紫芝一朵证清虚。

成都冯学成先生号"庶矣斋"，是《论语》中"庶矣哉"谐音。冯先生尝设教帐于广州白云山下，书桌下长出一朵紫芝。

述怀和渔之

中年贩字莽生涯。赚得萧萧两鬓华。
心地欲删无定水,情天谁种不凋花。
梦随白马风中鬣,路入清秋海上槎。
近日逢人也羞说,家山固有好烟霞。

送万宽用王摩诘韵

秋夜屏中送万宽。电流吃吃起微澜。
槽间劣马频更甲,席上顽猴倒弄冠。
直道于今真不易,五湖此去可胜寒。
期君早作丹青圣,秀色灵氛日日餐。

丙申夏答赠崇州守园兄

榕垣消夏伴君行。论句翛然过二更。
古学真能深著眼,新朋却属旧知名。
从来海气侵闽润,大抵风怀到蜀清。
东阁梅花今有约,也应诗酒坐班荆。

守园先生,罨画池公园之守官也。

秋夜三坊七巷赠诗人嘉励

云山域外不须邀。放鹤园林迹未遥。
香草曾延佳丽坐,娜嬛岂逐幻尘消。
古坊凉月秋澄澈,永巷冰琶月寂寥。
莫笑归来犹积习,耽风总是旧根苗。

诗人嘉励有诗集《总有星辰可以对话》。吾爱其中有句云:"从未有一刻是告别,未竟之事也带来成长。"

甲午岁杪题何永沂《点灯集》（二首）

一

悬壶岁月惹诗魔。细把新朝掌故罗。
谏猎空期三面网，观风孰采五噫歌。
诸公座上真无物，此老胸中尚有哦。
一集点灯通老杜，心光不肯背婆娑。

二

比年坛坫颂如麻。秤骨谁能冷着花。
独立市桥星似月，纵横心史气无涯。
敢忘箕伯曾兴浪，肯使孟婆旋沏茶。
重说万方多难日，潇潇暮雨上丹霞。

庚子感春

憎彼苍苍曷不仁。大城忽陷可怜春。

冲寒贵有抱薪者,醒梦曾来吹哨人。

尔汝一呼还一吸,伊谁相隔尚相亲。

块然独坐思加缪,抗疫当求一字真。

法兰西巨匠作家加缪小说《瘟疫》主人公奥兰有语:"夫抗疫有何术耶?惟实事求是耳。"

罗韬评:情真而辞邃。西典入诗,足征其学,尤切其时。

青凤评:不使气、不矜才,句句中肯,深寓悲悯之心。

师堂评:实事实言,镂出肺腑,感发人心。

第二辑 五律四十三首

(庚寅至庚子之什)

清明

每岁清明,皆归福州南台高盖山为先人扫墓。

杜宇当头唤,清明插柳时。
林间红错落,石上翠纷披。
微雨听怀抱,寒山酹酒卮。
描碑思在日,捺笔意迟迟。

岳麓山

界破青山寂,铮鏦落涧泉。
潭幽常抱月,松古各摩天。
鸟逐新枝上,人依旧碣前。
凭谁思蔡锷,猛志寄无弦。

月夜（二首）

一

千峰浮翠净，皎色入帘新。

兴助团圆宴，辉分独酌人。

风花今夕影，海鸟历年身。

遥想萧萧意，秋声到古津。

二

中天一盏月，径向莽苍行。

雪浪翻无碍，冰山照更明。

经年深望眼，彻夜起吟情。

怀抱清辉在，不必问归程。

怀常宁肖一湘[1]

八十未云暮,海天弹指游。

求知偏盗火,修史独登楼。[2]

地寂花为侣,风清诗与俦。[3]

千帆随浪转,孤月在中流。[4]

[1]肖一湘先生(1924-2010),73岁学电脑打字,76岁学上网发帖。

[2]先生将个人回忆录命名为《寻火之旅》(取神话中普罗米修斯盗火济世之意);又以一人之力,积16年之苦功,独立为湖南常宁修地方志,命名为《天堂脚印》。

[3]先生居处狭陋之极,唯门前海棠月季,生意盎然;先生素喜诗词,在常宁办有民间诗社。

[4]先生2006年致吾信中写道:"'江上千帆竞发,总是见风使舵;河中孤月常存,从不随波逐流。'这是我对人生的思考。"

天府纪行

天府秋日好，疏柳浥烟霏。
入肆青羊坐，巡湖白鹭飞。
草堂希瘦硬，锦里恣香肥。
万里桥头誓，幽人定与归。

庚寅秋侍父游石鼓山

拾得半天闲。相依石鼓山。
澄心钟磬里，絮语水云间。
日上青松直，年深翠壁斑。
风光披旧径，竹磴一开颜。

陈渔之评：语淡情深。

首句"半"字，原为"一"字。石庐为我改之。果然精确。

沈阳故宫纪行

奇寒冲急雪,来谒凤凰楼。
气脉通辽海,干戈出建州。
扬威陈鹿椅,纳降解貂裘。
一百年翻覆,梅花笑帝猷。

庚寅自述

平生粗简料,未解饰琼华。
论交期卓骨,耐俗检流沙。
市远亲调膳,居幽自煮茶。
明年生意动,敢领一襟花。

次年果然成家也。可见诗易成谶,不可轻写。

北海年近七旬一腿骨折于穗流浪 售诗八年真猛士也

北海真行者，穷年作远游。

寸钢支骏骨，一苇踏龙舟。

语妙众同赏，吟安天或酬。

老罴谁可敌，任运与沉浮。

访 剡

子猷吾所爱，访剡不须言。

冲雪寻知己，吟鞭驻逝川。

皎然明月与，莞尔璧人看。

招隐悠悠意，能驱万古寒。

放 眼

放眼江湖杳,些忧不可陈。

何人行直道,叔世罕纯臣。

或有河汾子,谁堪述继人。

猗哉二三子,诺守故山春。

壬辰重阳夜与友人逸云晓辉连生丽涛小聚棠下酒家分韵得菊字

今夕何清淑,桂华凝小筑。

微吟趁薄醺,逸致犹新沐。

吾子定还来,斯文须可复。

深期白社盟,不负篱前菊。

壬辰春尽日有咏

静坐晴窗下,藤花阅渐稀。
国风将复诵,时彦意稍违。
日永新莺啭,荫成老鹳归。
春物休云渺,余怀自可菲。

壬辰立夏

熏风颇解人,将雨过南岭。
土润豆苗肥,昼长茶味永。
山妻与日亲,犬子无时静。
更欲买长槎,花都收丽景。

癸巳元宵

风光回海内,一片上元灯。

菊焰冲霄起,烛龙衔月明。

中年微忘事,稚子剧牵情。

阿母忙厨下,汤圆数做羹。

癸巳清明于穗城遥祭祖父祖母

细雨清明日,天心直可寻。

野红延似火,园绿约成林。

遥酹人如在,低回思更深。

馨香持一炷,不著去来今。

忆与友人吴小攀登乌石山用萨都剌韵

小坐老樟亭,尘劳稍可歇。

阴萝补旧题,暮槿温秋色。

石瘦兀千年,霞鲜方此刻。

风微揖手归,衣上月华白。

题《苏曼殊文集》

吾爱曼殊也,人如一鹤幽。

西风招海上,春雨忆楼头。

泪眼兼诗眼,新愁隧古愁。

寒山来底事,花木作飕飕。

曼殊上人,或谓是古佛寒山子化身再来也。吾最喜其"秋风海上已黄昏,独向遗篇吊拜伦"及"春雨楼头尺八箫,何时归看浙江潮"。

武夷山

仙人踏紫氛,天外看霞岭。

莲座出虚空,云崦相寂静。

五铢衣服轻,九曲风烟永。

不必讯长生,息心观内景。

甲午初冬与友人访武夷住大王峰下

早起一推扃。轩然见幔亭。

色沉千古锈,锷截半天青。

草木严霜气,溪山拱帝灵。

相看更相酌,馀想入沧溟。

甲午岁杪赠岭东立庵

得句须呼侣,微醺好睡眠。

阳潜辜月笋,雨润老城烟。

琅馆传神笔,焦桐抚旧年。

罗浮梅正发,合醉水云边。

题吾乡双抛桥古有情人殉难河中桥畔即林觉民故居也

髯榕荫小桥,鸳侣曾双死。

休复诵卿卿,奇哀无已已。

黄花望故乡,铁血酬今史。

谁怅旧渠干,低头月如水。

太 岳

太岳何来也,垂空示画图。

白云纵大壑,玄武蹑清都。

木落心随远,峰朝道不孤。

五龙休遣去,留与护灵区。

题广州东郊鹿步司石冈书院

海国鲸波恶,栏山战局新。

蛮獠休恣肆,古谊未沉沦。

社学传飞柬,星旗起义民。

四乡有忠信,即此是奇珍。

述三元里人民抗英故事也。余尝睹1841年广州鹿步司石冈书院联合各乡乡民抗击英军侵略之飞柬,展于广州市革命历史博物馆。

杭城留别赠步堂

矫矫此谁者,西湖起浩吟。

两间豪杰气,一片古人心。

遮雨情何厚,联诗趣更深。

曲中堪大隐,芳事已相寻。

步堂与徐青子将雨果《巴黎圣母院》改写为昆曲《钟楼记》。

赠昆曲钟楼记作者伉俪

谁道嚣俄远,昆山解曼吟。

磨成春水调,荡尽女儿心。

妙拟风神出,同怀义理深。

高情遗草泽,吾欲一披寻。

民初译法国作家雨果为嚣俄。

一僧不知何来危坐市桥石栏柱上

寄迹水云程。栏危息一坪。

芒鞋忘故步,布袋妥馀情。

我入空花定,谁犹泡梦行。

域中尽流浪,相看不须惊。

丁酉秋与涤庵步堂杭州观王铎书展

七月西湖水,蟠龙挟雨吟。

谁挥疾雷笔,来诉落花心。

颒洞云烟野,葳蕤岁月深。

古愁不可蠲,壁立一千寻。

清戴明皋《王铎草书诗卷跋》:元章狂草尤讲法,觉斯则全讲势,魏晋之风轨扫地矣,然风樯阵马,殊快人意,魄力之大,非赵、董辈所能及也。

丁酉秋呈沚斋先生

一雨销残暑,新茶溯故秋。

片言能见骨,微怅欲凝眸。

变雅晖珠水,因风衍粤讴。

依然白沙子,容与在中洲。

题南后街古榕兼呈根师

南后街有两百余岁古榕附生照壁。树初为盆栽,今旧盆犹在,已为树根反抱。观者咸叹为奇。

故苑有榕树,垂髯笑不言。

老根蟠旧壁,翠叶动微暄。

独坐思风范,谁来问道原。

初心知未忘,犹抱古陶盆。

呈人浚师爱銎师

问道藤山里,寻珍枕梦中。
熙熙桃径影,谡谡麦园风。
花海吹嘘力,鱼龙变化功。
重来朝绛帐,厚意感能通。

丁酉冬游鼓岭

海国饶生意,冬游绿可攀。
莓苔斓古木,风雾裛空山。
游戏仙难老,多情鬓遂斑。
微灵皆有谱,考辨识幽闲。

题如真摄周渝《福州宫巷煮茶图》

癯仙深巷里,自刺煮茶船。

腕力匀方寸,岩香展大千。

凝眉几席静,说法水盂圆。

最喜温颜古,微增小帽妍。

戊戌秋日闽粤高铁线上

东越而南越,翛然一线通。

海风思国姓,潮水礼文公。

峡束乡愁窄,秋恢霸气雄。

汉唐知未泯,倔强土音中。

题杨凡先生《清代以来福州诗坛述略》

左海一轮月,莹莹照素心。

江山存宋骨,花鸟识唐音。

古道何妨拙,正声微可寻。

晋安风雅在,击钵待清吟。

戊戌秋夜访夜趣斋敬呈

室俭唯书富,先生绝可人。

眉含太古气,腕运六朝春。

夜永天机畅,更阑独语真。

孤山林处士,潇洒想风神。

林公武先生号师堂,著有《夜趣斋读书记》。

友人松敏赠手工皂

琴客宦溪来,馈吾两粒皂。

天香木乳凝,雪色蟾光皎。

群动惹埃尘,空花赢梦泡。

挲摩宜再三,领略本来貌。

黄金桂九日后发荣书此寄南音社弦友

院角桂花树,深秋一片心。

窅然滋异馥,莞尔掷黄金。

待渍他年蜜,先熏此际襟。

乐师其速至,久未试南音。

余尝与无逸、如真、茹霞诸友向泉州蔡雅艺女士学南音。

秋 咳

商风九月肃,木老被金欺。
气急痰犹滞,咳凶肋欲移。
黄芩着酒炙,莱菔带皮炊。
呼吸犹真我,平时总不知。

己亥春日赠友人

活水重开讲,东风又破题。
一人一世界①,三藐三菩提。
不觉披花雨,偕来酿燕泥。
千红各有态,烂漫海云西。

① "一人一世界"系余在福州市图书馆创办的人文沙龙,有近百位城中趣人在此分享"内心的传奇"。

赠昧菴道人

齐州正飞雪,季子拂髯来。

拙火寒中定,疏梅冻处开。

占星衍玄旨,酌古罄深罍。

一气苍茫里,应知有霸才。

题福州螺洲古镇陈岱孙纪念馆

浩荡长川上,方山峭未驯。

小洲敦古道,大学禀丰神。

月涌秋声阔,潮回海气新。

一生三不朽,我欲拜斯人。

第三辑　七绝九十六首

(庚寅至庚子之什)

游仙诗（十首）

精卫

东海茫茫蜃气森。冤禽振羽下西岑。
漫言石细风烟渺,终古无回一寸心。

织女

七襄巧制耐摩挲。一近瑶台恨更多。
何故河梁长断绝？玉京不许废机梭。

钩弋夫人

御宇雄猜可奈何。云陵漫说化香讹。
瀛洲早收清奇气,犹藏碧钩手自摩。

嫦娥

碧海青天画黛螺。无端俗子叹蹉跎。
灵丹不取蟾宫去,肯作爨边九子婆?

弄玉

小楼翠钿绝氛埃。紫竹檀牙托自媒。
待到中秋明月满,箫声飞下凤凰台。

太真夫人

九仙品第亦深严。凤辇劳驰泰岱尖。
相勖安期唯一语,人间杳杳慎迟淹。

萼绿华

漏出灵光物外天。奇花暗叩短篱边。
萼间一缕春风动,摇绿湘嵝九百年。

魏夫人

朱颜冲化剑锋青。阳洛山中万木灵。
玉阙莲宫皆有主,黄庭唱醒自家经。

麻姑

云髻风裳不食烟。蓬莱三浅倩谁牵。
暗怜鸟爪抾来瘦,任著仙真一记鞭。

许飞琼

汉上游姝不可思。昆仑日月梦中迟。
芳名惮及人间语,偶露灵珠总自持。

读孟（二首）

一

孟轲言义缓言利，能射浮云万里开。
可叹梁王浑不喻，矜夸齐国仅珠枚。

二

沼上顾鸿安可乐，不如偕乐与诸民。
知君甚败大王兴，鸟兽从来奉一人。

啭 舌

鹏鸟因何啭舌频。一花自有一花春。
可怜未省巢间事,漫向东君数屑尘。

咏董奉

卜地匡庐养性天。酡颜无意做神仙。
杏花覆遍门前径,胜取人间百万钱。

咏隐元

虚空早晚向人道,眉发一任霜雪封。
再俟卅年方语汝,嘿然黄檗旧宗风。

京华别步堂（二首）

一

已携岭海热风来。欲策兰台万卉开。
国史凭谁新说起，苍茫走笔入崔嵬。

二

蕴藉风流孰再来。桃花谢后菜花开。
羞听前代翰林事，愿向南山衔酒杯。

寄步堂

幽幽天意藉花存。竹外新枝逗古魂。
识得东风从岭海，梅花开处是家门。

竞 飞

垂翼鲲鹏惜羽毛。蓬间蜩雀竞飞高。

图南水击三千里,不见榆枋几尺豪。

愁 人

腐女型男不解愁。新诗强写立寒秋。

腥膻一遇眼光绿,知与愁人风马牛。

咏南海邹伯奇

谁云邹衍语虚玄。驻影追光迹可传。

一物不知儒者耻,天南夜夜数星躔。

辛卯年大暑夜罗大佑广州演唱会邂逅

溽暑亭亭一白莲。为谁俏立晚风前。

忽闻追梦歌声起,未及轻呼已泫然。

不眠夜

辗转寒衾梦不成。一帘疏雨絮平生。

起对孤檠剔永夜,不应犹记眼波横。

辛卯正月廿九西昌泸山光福寺观海楼山樱盛开忽来猢狲

山寺新樱一望奢。倚窗更放几枝斜。

蓦然跃下孙行者,恼杀娇红满树花。

辛亥百年杂咏（二首）

一

适披黼黻轩台上，便有风云肘腋间。
当国不师华盛顿，到头空缅钓翁闲。

翁纪阳评：洪宪皇帝何如洹上渔翁。

二

香帅于公亦恪勤。斡旋江汉策奇勋。
神兵毛瑟汉阳造，拱手都交革命军。

陈渔之评：香帅功勋卓著。

题日本煎茶道始祖柴山元照

云水生涯处处同。贩茶搏饭一孤翁。
茶寮托付冲天焰,风物依然皎洁中。

题田中鹤翁煎茶道之花月庵流

静室唯馀煮水声。泛香沉梗破瓯轻。
何期万古花和月,俱向幽中次第生。

题徐福祠

蓬莱遥指碧涛间。徐福楼船去不还。
童女不应烟水老,樱花影里弄鸦鬟。

陈渔之评:清丽,想必如此。

论学绝句若干（五首）

一

骚雅堂堂自有宗。百年冷淡主人翁。

怜渠甫学西凉曲，便把中原唤远东。

二

厚典颇能夺世情。可怜小学未分明。

上庠近已无多士，尽向蟹行求细名。

三

废经疑古事如何。白话泥沙尽下多。

独有斯人心未死，千元百宋挽馀波。

四

潦草浮皮我亦经。中年眼换古人青。

朦胧交付风吹散，一片深心向北溟。

五

流水行云汇八音。晋唐风韵信能寻。

儿童竞学他乡语，谁识遗民耿耿心。

小隐纪事

蜀山是我旧行藏。水态云容世外妆。

独坐空林抚绿绮,天风吹下广寒香。

读庄子

南华一卷把来轻。中有濠梁万古情。

我乐故知鱼亦乐,相忘花落水流声。

壬辰五月京城暴雨纪事

白烟全把六街收。一夜神京坐漏舟。

足底良心如许隘,渠渠夏屋只贻羞。

法国作家雨果有言,地下道是城市的良心。

壬辰九月庐山纪事（十首）

访庐山东林寺听晚课

六朝松下趁僧行。仰看炉峰占晚晴。
谁是人中芬陀利？伫听梵呗与溪声。

题柳公权复东林寺碑此碑旧弃山间
馆舍为踏脚石今归寺中

中唐峭骨炼婵娟。万国争瞻第一篇。
忍说风流陵替日，厨兵乱蹴柳诚悬。

九江人物以慧远靖节为百代雄杰
余敬前者而爱后者也

陶令五言唯饮酒。远公三昧始通禅。
千秋品藻容私爱，黄菊何尝逊白莲。

近世巨公屡于庐山聚讼国是

九迭青屏白练横。抗天何事斗峥嵘?
庐峰只合诗家角,莫借摩罗起忿兵。

吾国移民潮愈演愈烈法师论入籍外国不如往生净土

巨室纷乘去国槎。悬帆爱海固无涯。
何如醒著惺惺念,不退莲池一朵花。

三餐进食后僧众居士必漱碗底而饮称之惜福水

白馍红薯佐青莼。更把馀香漱一巡。
天下佳肴唯有素,世间福报系于珍。

步东林寺外香谷溪有忆

西风播乱野人眭。一段春愁不可提。
谁念云迷岩转处,当时默许握柔荑。

入桃花源景区村民为指谷帘泉瀑布

路逢野老尽知音。三迭何须苦意寻。
遥指青山明一线,直从万古贯于今。

庐山垄村多陶姓谱载皆元亮后人

灵源此径绝烟尘。个个渊明句里人。
蓬舍荼翁何傲兀,达官相造不迎身。

庐山麓造四八米高阿弥陀佛像

白社青山结净因。毫光透出亿由旬。
我观大佛如观我,也向虚空一现身。

题诸桥辙次博士纪念汉诗大会专辑

昆仑吹梦入扶桑。万叶怀风久颉颃。

一种清妍堪细味,东瀛月色踵三唐。

咏侯官何梅叟墨梅

全凭秋水养精神。自放孤山作外臣。

眼角浮云多变灭,一枝阅尽六朝粼。

有湘乡耆辈诗为小儿所盗用
十八年后事始泄

诗叟坟头宿草青。遗珠片玉尽溟溟。

若非鸟雀偶衔出,长掩精光睡洞庭。

  湘乡章敬和《登岳阳楼五首》(之一):"十二峰浮点点青,长天一碧接沧溟。晚来风起涛声壮,欲抱君山出洞庭。"

步倪云林墨竹题咏

独坐萧斋待曙明。相知唯有玉钩横。
新篁几叶如前事,影落西窗个个清。

癸巳珠江畔送友人之蜀

底事图南又北游。江声缓缓晚蝉稠。
不知明夜青城月,能与先生对酌不?

用诗友笛仙断章诗意赋七绝

天心也泊也翩跹。蝶梦蘧蘧展大千。
更被碧霄风送下,烟波十亩作蒲团。

题王静安先生《人间词》手稿

生有何欢死岂难。劫灰冷处万花繁。
行间细辨当时泪,月照风吹不肯干。

癸巳题吾儿小冏周岁半

花样翻新十二辰。一逢奖掖倍精神。
近来学作小天使,偏爱支颐笑对人。

西昌纪事

去年我倚老樟旁。白鹭纷纷自绕翔。
重来柯羽都湮灭,唯见华车满坝场。

题苹果手机

元神甘付窄屏囚。汗漫人间讪自由。
好女秋波何处掷,满街髦士尽低头。

与友人游武夷桐木关

桐木关深物自荣。清溪猿鸟昼相鸣。
野茶香榧无须种,早向岩间暗发生。

碁圣吴清源甲午年十月初九仙逝

心游万仞坐无为。蜗角电光拈一奇。
百劫都能抬手过,先生此局耐人思。

偶然和尚评:此之谓"中的精神"。

踏车和渔之

弹铗倚歌浑费事,在山吾有自行车。
秋深猛踏长坡上,一副篮筐受落花。

甲午初秋傍晚大夫山骑行口占二绝

一

爱从山径饮山风。人在通灵碧玉中。
高树晚蝉鸣不住,单车冲下郁巃嵸。

二

野云孤岫晚凉中。缓踏单车便不同。
新月廉纤懒驮去,留低秋水与秋虫。

踩单车和诗友樊毅

风花缱绻一年年。梦老波荒不自怜。
缓踏双轮忘所以,微欣稍省打车钱。

樊毅原玉《口占答高中同学见怀》:湖海飘零十五年。可堪消受故人怜。尧天我亦栖迟稳,不乏囊中买酒钱。

读梦唐兄重游法源寺诗有所感焉

著意东风好护持。池塘青草又荣滋。
海棠识得王孙袂,岁岁相期一首诗。

梦唐原诗曰:"钟鼓声销一岁空。焚香再拜海棠红。春来一笑无他事,不死又亲杨柳风。"吾赠此诗后,梦唐于菊斋论坛上答在下:"兰若花开便赋诗。枯荣争似谢家池。海棠不待丁香至,已具空王指上姿。"逾二年,梦唐逝矣。

丙申仲冬方炳桂老先生逝后有怀(二首)

一

问渠底事最牵肠。风土闽中待发皇。

最忆秋深迟院落,抚几教唱月光光。

二

榕荫栎社柳阑干。都是先生旧讲坛。

咳唾于今何处觅,欲随伬唱到茶摊。

题倪云林《溪山亭子图》

忩荻寒松带曲流。草亭一角足高秋。

兹山万古云林气,豪杰相看可白头。

赠福娃吟诵团

青春何事不成酣。庭院归来燕子谙。
风日此间知更好,童声呖呖诵周南。

寄渔之

只有空空唱不空。海山煅句气如虹。
平生快意寻常事,一箭单车猎晚风。

戊戌七夕有作

底事情天各隐沦。可怜鹊谶已无神。
牛郎久与牛为侣,浑忘天孙是故人。

赠友人李锡朋林平安

海国秋深始觉凉。人情暖处即吾乡。
城南老友须呼起,得浴汤时且浴汤。

寄陈渔之

九月霜寒夜气清。无端怅惘划复生。
愿向诗家乞一偈,辞锋或可破愁城。

题无逸兄《抱三弦图》

光阴流水为谁迟。寥廓三弦无限思。
恍惚少年痴绝日,疏星相对语多时。

题茹霞女史《林阳寺抱琵图》

冰弦铿尔诉天心。点破禅林雪意深。
因见梅花如见己,遂知云水亦知音。

廊坊访至庵先生归后有呈

盏有流光笔有神。幽燕奇气未沉沦。
天公抗手凭春梦,识得真人近至人。

  津门词家曹长河先生号至庵,取"不离于真,是为至人"之意。至庵先生尝有句云:"我与天公偏抗手,只携春梦入清樽。"余试注数语:人世虽如春梦,然非有春梦不足以语人生。盖四时须有春,春日须有梦,梦不必成真,而不妨当真,盖有春有梦,即足以滋润慰藉吾生矣。

致有尘庵

批风抹月外何求。清夜谈诗抵壮游。
说到春闺梦里句,苍茫叫起古幽州。

己亥初春曲阜孔庙观礼纪事

好德难同好色争。大成殿外舞轻盈。
推知夫子其能恕,不合多看女学生。

读《百年旧诗人文血脉》柬作者

艳魄骚魂孰起之。百年风轨少人知。
诸公衮衮新文学,不及衰残半卷诗。

福州乌石山天皇岭春日桃花

俗艳凡枝亦殢人。粉垣仄径逗芳辰。

休言桃李无标格,已占天皇岭上春。

己亥春日题根师书法展

风流容与砚田宽。飞白照成银鬓看。

最爱无心还写出,春光缱绻酒阑珊。

己亥春日题墨升水墨巨制名曰未来

何来怪鸟向天翻。上下虚空不可言。

绝壁苍烟三万丈,未来还在史之原。

己亥清明前二日访永泰山茶园

嫩香冲破绿云层。烟雨寻春我亦曾。

去岁山茶今已实,秋天待榨一瓯澄。

己亥清明杂诗(二首)

一

差池新燕旧巢痕。诞妄死生焉可轮。

只有鹃花开不已,笑人索漠大江滨。

二

梨花一见一销魂。戏捉花枝照酒樽。

堪笑世儒强解意,却将小杜派愁论。

赠福州评话大师方民忠

星安桥畔柳如烟。遥礼敬亭一百篇。
我有古愁愁不解,倩师拍响钹中天。

明末说书艺人柳敬亭有《柳下说书》一百篇。福州评话为其高足来闽所授,仅靠一钹、一扇、一醒木和一手帕即可演出。

咏福州评话

银涛白马倘重来。第一江山尚壮哉。
领略乡音无尽藏,黄金合铸说书台。

破　笔

连绵忆昔写云烟。又拾秋窗旧砚边。
颖秃腹膨成底用,微如吾辈堕中年。

鼓山喝水岩步白云道人

圣箭光阴喝水岩。苔斑半蚀古人剑。
残唐晚宋如馀霭,暖我低徊旧布衫。

闽王请神晏主持鼓山涌泉寺,其师雪峰义存乃曰:"一支圣箭直射九重城去了。"

题叶元章先生《九回肠集》

真诗大抵血书成。炼狱归来骨尚铮。
珍重九回肠内句,流囚多少未留声。

1960年,叶氏履新青海人民出版社,见墙上领导七律,平仄不讲,评曰:"这不是七律。"后竟因之获狱五年。恰是一字一年。叶元章先生,宁波镇海人,1923年生,逝于2019年。作品结集为《九回肠集》。

偶然和尚诗宦也廨中漏水兼旬未修

天公酷爱弄阴晴。隽妙多从冷不丁。
薇省何人亲老杜,特留屋漏伴诗声。

秋日屏上寄柳父

野菊洋荆结伴开。三山秋色亦佳哉。
入闽也不来看我,就算这人还没来。

汤池店寄宽堂

中年拥鼻溺微吟。书肆茶摊惯独寻。
最爱汤池眯半日,掇来古韵尽乡音。

宽堂评:泡温泉,听乡音,小眯一晌。问世间何思何虑。

己亥初冬刘家大院雅集寄建国家杰

射乌山下呷茶客。光禄坊中朴学斋。
夜静风微罗掌故,似无一虑足萦怀。

己亥岁末怀诗友陈渔之

乍寒天气最宜诗。零雨单车我亦痴。
猛念一人痴胜我,佛山愁绝陈渔之。

哨　子

一哨能醒众梦空。方知锦障不禁风。
芰花噤鸟能何用,春在溪奔甲坼中。

题东荡子雕像

短句雄髭破混茫。长洲杜若漾芬芳。
骚人已矣成铜像,有客还来诵旧章。

第四辑　五绝三十一首

（庚寅至庚子之什）

春事（十九首）

一

孔雀踘花庭。躞蹀声未听。
春来群鸟下，仰首叫青冥。

二

悄攥粉拳嫩，不烦莺眼猜。
千山清寂里，霹雳报春开。

三

一丛花骨朵，烂漫更无猜。
不待先生令，横斜各自开。

四

月色弥天地,花香各有枝。
缘何春水缓,未到慕思时。

五

东风来海上,吹动五羊城。
一夜木棉落,怦然脱有声。

六

海上东风渐,萧郎叹夜长。
鲛人一颗泪,化作明月光。

七

独坐春光里,听它白发生。
道人枉过访,笑我太多情。

八

越女深山出,清姿已绝伦。
怀中一束紫,报道千岩春。

九

轻寒初蓓蕾,元气圲溟蒙。
试看苍山下,春波欲起龙。

童轩评:五绝以高古为贵,此近之矣。

十

虬枝青尚浅,早引莺声乱。

新春与古春,并向天心绽。

宽堂评:触目皆新,无春不古。

十一

生是海西人。但期鱼鸟邻。

明朝骑白马,归占闽峤春。

十二

李畋①居穷野,山魈悯影单。

教伊燃苦竹,哗剥破春寒。

①李畋,唐朝人,生于浏阳,传说即爆竹老爷花炮祖师。

十三

平居何事好,最好是关机。

小立春山上,但看蝙蝠飞。

十四

天意何轩爽,东皇总不差。

踏车过小巷,谁逗一墙花。

十五

春草生还生。春禽鸣复鸣。

物情有深浅,终不肯分明。

宽堂评:不分明,即所谓萌。

十六

春煦真难得,春阴良足惜。
旷观无不佳,斯是春风力。

十七

仙子何从出,两眸光奕奕。
生辰在好春,即以春为宅。

十八

曝背真无斁,试春正有思。
青藤循白墙,略引二三枝。

十九

情人们的节,携手看花枝。
我的情人节,呵寒理旧诗。

蟋蟀十解

一

虫喓不肯闲。彻夜送潺湲。
定是精灵遣,忧吾忘北山。

二

独哦复独卧。风月能勘破。
石上与草间,何尝要人和。

三

经年石屎中。朋故罕交通。
岂意西窗下,喓鸣有草虫。

四

戚戚伤流潦,啾啾吊古风。
剧怜忧国士,不在庙堂中。

五

吟接西风起,哦中百草颓。
仄平都不理,定属自由诗。

六

坏壁吟秋际,空庭泣露时。
连绵无断句,信是古人诗。

七

蟋蟀即门歌。分人秋意多。
山妻别山久，语是电磁波。

八

造化无权柄，空调燮众生。
感君能醒我，门隙渗秋声。

九

直议商风紧，危言白帝非。
哀卿在草莽，乌足逆霜威。

十

赵政筑紫塞，万虑摇其精。
宣德戏蟋蟀，垂手致清平。

题芭蕉

雨打声宜枕。风吹卷待开。
种来怡倦眼,也使砚无埃。

答万宽

学古须无逸,兴诗贵有朋。
感君赠明月,贮作玉壶冰。

第五辑　古风歌行四十八首

(辛卯至戊戌之什)

明月不可摄

明月不可摄,摄之以花影。篱外才小立,蘧然成异境。月既不可留,花亦不肯等。花月疾迁流,心与秋耿耿。月岂似人痴,人或似月囧。借镜选花枝,月已过千岭。

邛海春

邛海春光早,春花蘸碧空。春风此日生颜色,春水当年起蛟龙。白鸥来天外,燕子在意中。螺髻仙人姿绰约,草莓赠我一筐红。春汛不必问艄翁。

变苍歌

持之先生坐水涯，有鹤翩翩去来意自佳。借问鹤兮鹤兮来何所，倘是华亭与下沙。紫盖白翎仙客貌，常与碧霄相怀抱。物外飞下吕洞宾，绝爱人间春水好。瘦骨瘦如太古剑，棱棱扫过长洲草。石上小立眄清波，舒趾晾翅何姣姣。右军岂识毛骨异，世人唯重肥鹅耳。吾今一见顿倾心，怅恨膝上无古琴。滚拂七十二流水，助汝凌云步月吟。更愿茅舍池塘相盘桓，白石青松长为侣。与汝共作葛天民，拍手呀呀踏歌舞。海山岁岁花枝斜，汝我梅花共一家。噫！会须千年相看毛色苍苍变，一声长唳彻烟霞。

《古今注》：鹤千岁则变苍，又千岁变黑，所谓玄鹤也。

吾 心

吾心谁与放,空花任历乱。春光出有处,秋水归有岸。客尘何须扫,一夕因风散。光阴利于剪,葛藤终烂断。笑彼拗相公,底事骑驴叹。至人谓无梦,吾生有微婉。自煎岩坑茶,岂忧好事半。一卷风怀诗,掷与古人看。

沙河粉

十米选一粒,高供足半年。天地养晶粹,濯之云山泉。细磨呀呀转,漉作白丝绢。慢引清涧水,荡于箬竹编。隔水蒸笼架,糯香渐以传。麻油轻濡抹,便揭无粘连。腻柔满箕雪,相待好风前。斯须凉意透,竟体爽如绵。三迭巧裁划,琼姿匀万千。鲜翠沃不得,稍啜已成仙。欲问小萝莉,也来一碗先?

秋天树（四首）

致敬词人陈志远歌者张雨生

一

怜彼秋天树，惯与秋风侣。
凭君刻戏言，兀立不能顾。

二

怜彼秋天树，久忘东君语。
青青看渐凋，未写强愁赋。

三

怜彼秋天树，信将老此土。
独抱悠悠心，繁华非所慕。

四

怜彼秋天树，摇落无一句。
明年燕子过，不须哀春遽。

掷豆歌

　　以心为一钵,即之以修真。惭无六祖慧,唯有勤拭尘。拭尘亦有法,掷豆可通神。愿君稍洗耳,容将古法申:扪把豆在手,黑白认分明。黑豆系恶念,白豆善可亲。善恶相继起,黑白每作邻。黑豆又白豆,当当掷有声。日期黑豆寡,月盼白豆频。日月去如掷,看看意思新。不但黑豆渺,白豆亦已湮。善恶两无着,遂接羲皇情。

　　古人澄治思虑,于坐处置两器。每起一善念,则投白豆一粒于器中。每起一恶念,则投黑豆一粒于器中。初时黑豆多白豆少,后白豆多黑豆少,后来遂不复有黑豆,最后虽白豆亦无之矣。(事见《坚瓠集》,清代褚人获纂辑)

格物歌

今日格一物,明日格一物。格到冲朕处,脱然无一物。善恶皆可教,遐迩无不达。造化即吾心,万端任所拂。辗转方一念,众生俱已佛。回看所来径,苍茫不可说。

百花生日走神小记

二月十二检日历。居然百花之生日。蓬头岭南斗室里,瘴烟污氛无处避。牵来一支常青藤,欲令百毒略辟易。更兼一盆绿萝兰,代余稍稍一呼吸。哀哉生值黑铁世,举目四望唯墙壁。出门岂有清江流,十万电火相激射。我欲小睡作神游,桃红蝶黄梨花白。唯有青山能洗眼,赠我斑斓好颜色。便邀青山破户来,春花春鸟座上客。噫。花神有灵竟许我,氤氲一片山水碧。

老鲎歌

老鲎老鲎貌甚古。浮于寥廓之洲渚。仙籍远绍三叶虫，灵血不受五毒蛊。忆昔薇蕨未萌世，弥天浸海属寒武。悄焉谁嘘万物生，蠢蠢搅动十洲府。奥陶志留等闲过，泥盆养出身如许。六对足做郭索行，两双眼觑鱼龙舞。尾策戟剑岂类蛤，身披甲胄不是虎。鼋鼍怕敢问来历，蝎蛛或许叙同谱。溟滓莫笑久沉沦，潮汐自喜相吞吐。有时雌物负雄游，月下卿我亦媚妩。四亿年吹海水干，公婆相驮到尔汝。回看侏罗蛟螭战，槽齿坚牙尽尘土。且莫只讲古。老鲎更有苦。试向先生言，先生或怜取。平潭当年称厌物，而今寥落罕一睹。昔年六月爬上灶，而今七日不满篓。西人取血何曾恤，东人嗜味连籽煮。昌黎先生拟盐渍，金风亭长佐酒酤。昨日浮于海，今夕泣于釜。剑尾成何用，涛底尽网罟。我对老鲎发叹息：速向弱水瀛洲去。

无国界医生

乾坤有大美,中亦多悲凉。天行或失度,治道或不匡。水风衍劫数,雷火互击伤。海立青山裂,室家坠混茫。回眸太子港,港上无完墙。卅万民何在?野鸟窥断梁。府枢一瞬陷,盗匪竟日狂。壮者掠超市,稚童渴无浆。尤怵刀兵劫,伦理弃故常。近闻苏丹国,道路尽武装。飘荡百万众,妇孺在牛羊。早夭伤生促,多乱厌日长。南瞻孟加国,竹花开不祥。青山绝食物,鼠夺饥童粮。童肋历可数,啼声不能昂。母亲哺无乳,炉灶沸唯汤。睹此众生苦,能不颤肝肠。吁哉贵与贱,都共日月光。一人死非所,同类痛其殇。孰言苦无解,除非义尽荒。衣单盼煦暖,世乱思贞良。莫以意缔结,坐困生死场。堪恨针石少,休夸炮枪强。佛觉还入世,群病始验方。常念施韦泽,丛林负药箱。为除体上癣,为起肉中芒。土著视犹亲,疾痓不求偿。生命持敬畏,义理掷铿锵。彼痛等予痛,众盲我未盲。且舒千手眼,来效大药王。不辞一身险,愿增世寿长。大医本无界,此愿更无疆。

掌中土

掌中一寸土,昆明劫灰馀。海棠花曾覆,千春雷更嘘。美人赤足轻踏过,青草绿上碧罗裾。临去回首一莞尔,颜色新如天地初。一寸土,犹记乎?念时有,认时无。中有一颗神桑籽,能以沧海为尾闾,更炼月华入灵珠。莫笑微尘拂易去,是我星辰我所居。天荒地老乾坤坼,梦魂与之长呴濡。

读吴宓

歌诗至于今。伤哉天马喑。霜凋梧桐树，尘暗伯牙琴。坊中吩呶语，且不足愚黔。故国敝风雅，倩谁下一箴。安忍千年湫，空浇牛蹄涔。沛然泾阳子，西东汲绠深。雄思溯冥邈，鹄的悬嵚岑。新诗严旧律，斟酌入缓吟。知否阿伦波，锻炼老杜心。

吴宓于英文诗话中，举杜诗云：美人细意熨帖平，裁缝灭尽针线迹。复曰：凡诗文佳构，看来最自然者，其作出也必最费力。盖惨淡经营、锻炼炉锤之后，方能斟酌尽善，去芜词，除鄙想。乃举彭士（Robert Buens）与阿伦波（Edgar Allan Poe）为例证之。谓二人之炼句炼格近于老杜。

自　嘲

　　十四开始萌，四十依然惑。风月早错过，重阳近来逼。长啸和徐吟，尽付于唧唧。当年之帅锅，今日一老贼。

玛雅末日

　　澄坐玻璃室，公家事甫毕。有客笑相呼，戏说玛雅历。上帝懒经营，众生抟一掷。天地果崩沦，彼际汝何忆？我亦无所忆，但效当下职。完勤便归家，入门先脱屐。何日不有晡，何日不足惜。无梦深睡眠，忘形真长策。末日何日无？日日皆末日。

题李安电影《少年派》

孤筏心魔劫后书。少年锋刃昔踌躇。
帝以飓风为信使,毗湿奴化绿斑鱼。
仙洲何事太龃龉,尽将生杀抟一处。
海夜涛定思茫茫,猛虎繁星相对语。

舍利子

长老意稍倦,撒手弃世途。荼毗人争看,云有异象殊。果然光灿烂,恭捧出化炉。云此舍利子,能光大佛屠。处处请供养,人人尽拜趋。忽有无赖汉,云此玻璃珠。信众嗤以鼻,心亦稍踌躇。智者发冷笑,何莫更胡涂。师向称大德,灵物不可无。于今拂衣矣,扬法恃圣徒。禅妙多方便,密宗素有孚。请君绝议论,或可逃冥诛。无赖急缩舌,自骂太狂愚。共看新上座,抠衣正唏嘘。

小区可停车

小区可停车,车子何渠渠。香径塞无馀。车塞吾庐东,车塞吾庐西。车塞吾庐南,车塞吾庐北。有请七七朱。来帖赤灵符。点化锋车为青驴。天地悠悠在驴吁。尔汝骑驴抵掌呵呵赋遂初。

寄福州灵响居主人

旧家居近闽王寺。卅年寺额失题字。黄昏蝙蝠扑梁尘,似嗟渡上风景异。中岁放眼高峨岷。古德无欺语阇阇。冰陂百丈出虞日,新声究为大雅驯。海滨邹鲁垂千载。晋安风流今尚在。便向铁佛问因缘,欲掣明珠归左海。先生道大敌公卿。闲绰狼毫灵物惊。袖出一册风人谱,教我遍识前修名。

壬辰秋夜共友人国强方华访灵响居

壬辰年,吾数访诗家赵老玉林于其榕城幽居。翁字恒一,号佛子明璧,籍绍兴,1917年7月生于福州。1946年应国民政府高等文官试,获经济系第二名,翌年民国选拔,以第一授永泰县长。彼时先生适新婚。人生甘美似无加矣。又1949年后,发往苏北农场劳教。二十又四年,始蒙赦归。1980年,省文史馆复馆,傅老柏翠力邀翁为研究员。稍安定,诗文倾江海而出。翁今近百,长髯拂胸,精神凝定。晨恒以小楷书信友人,笔力不稍懈,似有神护。如斯耆旧,真可谓乡国之宝矣。因步翁古风赞之。

风雅振起须健手。何人千山凿户牖。开元铁佛古道场,梅花曾听蛟鼍吼。我归闽峤礼大士,秋夜倾心谭诗口。朗吟尽摄众妙谛,灵响居中征万有。吒下一片唐时月,拂髯微酡如中酒。学诗难值殊胜缘,叨扰神修倘无咎。彻观千年海桑变,唯有风人长不朽。慨翁昔梏莽荡里,入时丁年出白首。胜朝状元无毛使①,旧燕还被新庀否。青榄自珍半生味,丹心还作百回剖。酸风腥澜度入韵,倒拖日月双轮走。桑榆何愁风景暮,老虬破壁气逾赳。回腕字字贮春温,肯将一物轻刍狗。因知负轭泥涂中,不碍无上空行母。地有耆宿方为胜,吾愿鼓箧踵其后。看翁率意写万丝,尽化荫城老榕与新柳。

①无毛使,福州方言,意为无用。

壬辰年五月广州方所书店听胡德夫

兀坐太古吼悲风。太平洋畔一老翁。眉发淬成昆仑雪,额头炼出亚洲铜。眸子威光偶然射,睡饱猛虎出深丛。十指忽挟奔涛起,醒我下午三点钟。电子键盘任意扫,曳人相思美丽岛。香蕉老牛白玉兰,神农呵呵刈稻草。更为斜阳唱匆匆。千山小径西复东。卑南排湾古歌史。吟啸都在不得已。赤子裸裎啼呱呱。夜夜海风动高椰。筚路自有深蓝调,杵曲相应野人家。旧谣源通竹根石,能使海若静不哗。我闻此律神飞度。欲向山海披肺腑。云豹飞鱼相友于,悦吾山灵守吾土。豳风七月未渺茫,击壤五噫今有主。风人至此方称意,放声和尽万籁古。定眼九陌烟尘飒然空。唯见琴上片片覆春红。

《美丽岛》《匆匆》《云豹》《飞鱼》《太平洋的风》皆胡德夫歌曲。胡自谓所唱蓝调为深山中的蓝调,故称深蓝调。

步黄庭坚松风阁诗赠涤庵

涤庵先生擅行书兰草。壬辰四月,余访之于福州宫巷云在山房,见其人夷然冲旷,是得兰草风神者。涤庵生七零后,独能摆脱时流、抗心希古,潜心栖神于宋明诸贤。余遂直以大家期之。盖书画为雅道,必先识其传承、寝馈于斯,然后不期然得其神明变化。所谓先得其范,然后示人以范。余知涤庵素习山谷,梓有《黄庭坚行书技法》,因步山谷松风阁诗以赠。以志雅道未沦,复兴端在我辈也。

灵气不肯闷山川。引出须恃笔如椽。问谁兴会一洒然。吾子雄强正当年。胸中丘壑抱诸天。力援长风入素弦。手腕翻新百迭泉。我来三山访乡贤。雨夜对酌茶禅筵。兰叶几撇壁间悬。慨君墨帖为青毡。点划沉酣意潺湲。晋唐月色坐相妍。韭花寒食晨昏饘。万事摒除如云烟。我愧不如苏老泉,中年才临简编前。忽见君字破睡眠。纷纷掸落葛藤缠。眼底俗手尽牵挛。期君与古亘盘旋。

衡山纪梦赠吾儿

早岁冲寒祝融殿。回飙挟雪削人面。七十二峰暗中飞,千灵相逐弹白练。我携美人来自南。岭外烟霞旧曾谙。值此心目倍振刷,欲往青天控鸾骖。忽有大鹤下云隙。悠然刹于松间石。喙衔紫婴递吾人,云是帝虞之裔脉。噫。黄毛小儿倾耳听。大鹤飞去不可寻。我拾岩头一片羽,归来饲汝到于今。

茶　则

我有一茶则,竹根以为之。可以斟茶叶,兼能剖柚皮。天然而偃蹇,如与众灵嬉。只贪趁老腕,哪用雕陈辞。秋天卧几案,闲握觉清夷。

绿鳕歌

鳕鱼一生,千难万险,洄游万里。渔人网罟鱼群于南北极,复分销万里以快众生朵颐。哀而歌之。

白令窄,黑水寒。育育绿鳕逆激湍。茫茫长夜侣星月,簇簇冰山不可拦。一生洄游一万里,弹石跳波力未殚。神人大力张天罟,拖上炎洲送年盘。送年盘,饷岁欢。团团食汝嫩心肝。鳕兮!鳕兮!夫人涎吻,险恶于澜。

咏斯诺登

奇士裂帝网,诸天不敢留。欲问四海水,藕孔馀一不?

据《长阿含经》,阿修罗挑战帝释,大败。耳鼻手足悉被削落,惊怖逃走,入藕丝孔。

癸巳夏日纪事

一雏鸟自树上坠落,伤其胫。一少女拾而护之。

云静午阴好。果坠长街悄。伊人清婉扬,轻捧紫雏小。相顾似相知,啁啾答微笑。天地有悲心,我亦在其抱。

贺诗友三十芳辰

或谓人三十,容易百忧集。顾吾当此年,颇叹诗情涩。多年坐春台,一夕成而立。孤驿斸椎轮,寒江整蓑笠。郊陬多炎凉,重城永阶级。春暄苦不久,黄霾忽相袭。披襟五湖上,时恐秋气入。愿君摄风华,无为薄俗萦。飞燕知乘时,文豹善深蛰。曼妙抚瑶筝,蕙风出习习。菱花冒幽池,清芬安可挹。

癸巳母亲节长隆地铁口纪事

老妇持珠串,梯口留人买。城管欲驱逐,我道何苦乃。此珠颇有灵,灼灼生异彩。此串真良工,戴妃或尝戴。摩此心欢喜,足以生远爱。我愿稍结缘,官爷姑一待。官爷衣色鲜,真堪大国派。此老无人养,倘因地方债。彼吏去无言,由我择翠黛。敬谢母亲节,稍容和谐在。

题老莲画与七七词

老莲兀兀坐画轴。山间明月久看熟。墨泼蕉叶绿于竹。锋皴山石华于屋。持之口渴不待邀。画中自去操酒瓢。玛雅末日倘寂寥。观想七七踞芭蕉。

题南海董就雄诗集

屯门车声轧,超然坐董君。内视接千里,意远返天真。雪山识源脉,观水会其神。和陶风自邈,兴与白鸥伦。腴美安可贵,雄强始足珍。历历四百年,翁山迹尚亲。一为天下士,古德俱为邻。我来展君作,如听大海唇。

地下铁

爱唐人王建之"我今归故山,誓与草木并"一句,遂用其韵和之。

忽忽地下铁,尻轮昼夜行。可怜座上客,半是太劳生。嗟乎苍黄世,识田废不耕。屏光各在掌,划触辨阴晴。故人唯号码,片言罕精诚。荧荧织空际,念念属无明。我欲出帝网,心与沉寥并。下站到何处?倘遇王方平。

赠步堂

北京暂相过,西蜀长为别。离堆青青草,羁愁不可竭。都中簇时英,寥落一豪杰。颜渊在陋巷,苏武拥旄节。风尘摧冠冕,唯有狷者洁。独立都江堰,回澜视成雪。

蹬鹳雀楼歌

愁、愁、愁。汝果有何愁?何事学人烦啧啧,吟滥仲宣之声喉。知否俱胝斩僧指,且参南泉断猫头。我欲为君焚却金阁寺,更为世人蹬倒鹳雀楼。掸尽茫茫山河影,喝住滔滔意识流。大雪寻白鹭,新月睡净瓯。我心具足无尽藏,何用古德句下求。娥眉婉娈生妨碍,当风一斩付浮沤。白日依山尽还出,自歌自献自为酬。放他黄河入海流。

慎食歌

持之先生坐斗室。闲来自扪衣间虱。识破世间酒食多烂肠,忧中乱摇秃毫笔。愿闻与否凭君耳,请君不必詈我为风疾:危哉煌煌美食城,鲜浓脆美百毒匿。鹑炙香辣浇浓汁。脂油堪把肝肠渍。麹生冰凉作鲸吸。寒凉顿浇肾火熄。摩铁溢芬颇给力。究与经脉成大敌。漫以臭腐为莫逆。折杀元精百千亿。奶茶就手日亲昵。荷蒙从此少分泌。宫爆豕腰夸无匹。镉尘入腑无从剔。呜呼莫贪吃。呜呼慎进食。美食杀人逾美色。丹红雕白[①]可倾国。四海病大成汩汩,庖厨之侧鬼唧唧。善男善女莫大嚼。少从屠城餐馀沥。且以活火烹新泉,葆真养元慎无逸。

[①]丹红雕白:苏丹红、雕白块,皆食品中禁止添加物也。

芦山忠犬歌

雅安地震三日后，芦山县龙门乡古城村高希能叟，于故家墟中寻回失散老犬。此忠犬三日坚守断壁残垣不肯去也。

老狗老狗。总持户牖。忽际天地之崩沦，山石如捣家如臼。白日横移，屋梁飞走。老狗老狗，负痛回首，尘埃不见主人叟。主人有时弃老狗，老狗焉肯失老叟。三日仓皇过，主人归寻缶。却见故家残墟处，端然兀坐此老狗。主人泪夺目，老狗喑呜吼。老狗老狗，真真吾友。青山华屋便破灭，老狗老叟穷相守。

三洲田记事

北风不度三洲田。三洲田上有神仙。神仙却是何人者,山海之间罗花筵。渔之洒然软鞋至。络腮一副亦妩媚。香积菘芥食不足,更抱罐啤对山腻。心悦才从雪中回。行囊自挟苦寒梅。招手溪山皆党友,天悭破以一笑诙。青翎落落多才调。神如曼殊清且皎。古怀微与沧海通,何人赠之以芳草。鄙人四十惑未除。迟到应罚三杯无。远道饯朋无兼味,愧矣脱手唯有书。女仙墨镜散发何飘逸。飙轮载入空山色。我一偷窥心一惊,伊人倘是朱七七。

答涤庵

涤庵自西湖,寄我一幅字。兰草领风神,梅花得况味。细撇何窈窕,短捺足妍丽。云是书于大雪时,巡湖归来挟微醉。虹叟阿寿曾坐处,两朵三朵琼花坠。纵横皆机锋,诸天自游戏。唐风宋骨岂衰绝,细看笺中风吹袂。

题吴香洲弹雪盫填词图

昨夜忽忽度五湖。来造美人填词图。美人端凝拈词笔。瞳人如水涵空色。蓦地古花下乔松。七宝楼台弹指中。老夫愕眙不能述。敛羽低喙松下立。

阳　节

阳节何清淑,赠我以暄和。寒士无以报,报以南风歌。击石仰苍壁,拊韶弄绿波。芳菲解人愠,长乐毋长嗟。莫放好春去,风日阜人多。

种　茶

种茶似养志,何必费经营。目击能存道,根深自有荣。常伴松桂长,会因水云生。明月迟苔迹,松花坠岩坑。人爱茶之馥,我特爱其清。哀彼老农圃,堆肥伤物情。

致笛仙用陶韵

危楼簇乱峰,嚣车飚九陌。上网不惬心,和陶聊自适。忽念绿衣人,吹笛瀹空夕。弦月出相见,光透重城隙。勉我以经纶,毋为拥鼻役。豪杰扶风教,苏世恢成绩。温帖感旷怀,友道存三益。

小儿三岁理发纪事

小儿才理发,发还理得好。两鬓刮全光,顶中毛不躁。会须翻跟头,湖畔有青草。不怕小雨点,就怕雨点小。此名天菩萨,凉山世所乐。养得一丈长,盘顶如蟒罩。可以缚苍龙,岂止驭赤豹。鬼物不敢触,小猫不许嬲。灵芬郁玄鬈,神光入翠葆。揽镜增豪迈,顾盼而微笑。

上元节三山灯市

长忆中亭街,元夕万灯炫。繁花趁清晖,走马蹴飞燕。浪承八仙履,光转三英战。大灯辉日月,小盏动星霰。坐贾斗巧奇,行人增烂漫。童子乐拍手,姐妹花枝颤。乡人尽忘归,喜气壮里闬。兹事盛闽中,千岁绵一贯。陈烈寡风情,辣笔昔讽谏。安知艺糊口,明儒智能辨。吾自粤海归,令节思眷眷。灯火犹熠耀,步游滋微倦。摆设皆官营,千灯如一面。匠心期复活,毋使神工贱。

昔明人谢在杭所撰《五杂俎》一则谓福州上元节灯市之盛:"蔡君谟守福州,上元日命民间一家点灯七盏。陈烈作大灯丈余,书其上云:'富家一盏灯,太仓一粒粟。贫家一盏灯,父子相对哭。风流太守知不知?犹恨笙歌无妙曲。'然吾郡至今每家点灯,何尝以为哭也?烈,莆田人。莆中上元,其灯火陈设盛于福州数倍,何曾见父子流离耶?大抵习俗所尚,不必强之。如竞渡、游春之类,小民多有衣食于是者。损富家之羡镪,以度贫民之糊口,非徒无益有害者比也。"

贺洪师胜生八十二寿辰

吾爱吾师也，真理在其中。吾爱吾师也，心志感能通。吾爱吾师也，其乐也融融。忆昔麦园负笈日，为我指点百代千贤之灵踪。上溯屈宋风骚相如赋，下逮两间荷戟鲁迅翁。托、尼文章魏晋骨，笔锋横扫西复东。更为拈出文心活泼泼，宛如赤手擒蛟龙。双江奔流绕藤山，来听吾师笑语洪。笑语洪，意气雄。手卷诗书，目送飞鸿。桃花山下三千日，槛蓝桃红何匆匆。爝火已是连宵举，板凳岂止十年功。重来拜吾师，师道仍丰隆。河东文中子，琅琊河上公。长安岭下闲容与，智者眼界仁者风。八十未必老耄耋，自是此心长如童。近来尤爱涉山水，五洲四海略自攻。北极沧溟南海鲸，老翁游履何从容。江花海月摄不尽，都在逍遥乐游中。我来祝师寿。愿师寿如鼓岭岭上柳杉松。怀抱东南四百峰。枝叶盘礴对长空。期颐、茶寿都可逢。弟子也欲重来敬酒钟！

第六辑　词一百五十四首

（庚寅至己亥之什）

浣溪沙　步东坡端午词

犹记青山对素纨。一时语住寂如兰。万蝉声正沸斜川。

且向流光舒水袖,还呼彩蝶上云鬟。人生只此一年年。

减字木兰花

红堆藤树。细雨梦回宜细数。风约素裙。深浅蛙声没足跟。

榴花灼灼。笑簇粉拳成一握。小径低徊。肯使相思化蝶灰。

菩萨蛮　水鸟

冲波白鸟鸣幽寂。波痕明灭无行迹。敛翼啄星光。箭声啾野塘。

素翎凋似雨。收拾芦花舞。天与夜俱沉。莫回冰雪心。

菩萨蛮　黄皮

黄绒小果含苍翠。美人剥出消长睡。笑问校书郎。焉能识此香？

此香如菡萏。光景凭闲澹。溽暑倦飞尘。数枚堪动人。

黄皮，别名黄弹，盛产于粤闽。甘中含涩，风味尤佳于龙眼。

清平乐

高唐曾赋。缱绻身何处。未识人间天上路。一夕星槎偶度。

朝云会俟山阳。侵明谁怕飞霜。犹是少年心性,时时造作猖狂。

谒金门　法棍

何其乐？法棍一根捉着。抗齿聱牙吾不恶。笑衣间驳落。

红柿青瓜堪托。敬谢鹅肝茹嚼。普洱秋风俱有约。定留些鹊啄。

西江月　咏虎

雾豹云龙同隐,金睛白额自王。临风当谷啸斜阳。大块含灵全仰。

气宇谁摩正则,风神莫胜长康。斓斑不许锁云章。冲决诸天罗网。

华胥引　庚寅秋夜步堂过北京甘雨胡同剧谈周文王事迹

疏桐细雨,洇雾华灯,鹊眠深夕。锦簇花围,长街未洗萧萧色。过耳隐隐轻雷,久分新讴隔。暗许清辉,故人明我胸臆。

采蕨去来,怅秋风、古欢难觅。池馆经营,几曾殷忧省得。羑里当时推衍,都在隆人极。念远山河,蛮声犹是相识。

南乡子　中秋

欲把素娥招。也拟骑鲸按碧涛。短发萧疏斟北斗,心骄。万斛清光泻九皋。

月脚漫推敲。郊岛清奇自未消。吟入道人幽梦里,神豪。更待箫声廿四桥。

醉蓬莱

重阳节夜游白云山下蒲涧入能仁古寺至白云晚望乘缆车以归

向云山醉舞,迤逦奔来,万般光怪。戏掣风车,乱把羊灯戴。紫缀萸枝,金舒菊蕊,共衍乾坤泰。并坐幽浮,凌虚直入,洞天仙界。

蒲涧携行,别寻深趣,梵钟声永,鬟鸦香暖。疏影摇阶,一叶惊秋籁。检点清欢,孰与搔背?定有麻姑待。爽气须酬,高樽还举,尽浮生慨。

鹊桥仙　七夕

秋风犹竚,秋心犹诉。秋水盈盈微注。云槎须泛一千年。更莫踏、鹊桥归路。

素娥漫妒,洛神漫赋。堪恨韶光都误。何劳天意替安排。但不许、此情辜负。

鹧鸪天　秋声

漠漠清愁不肯消,庭前剥落翠芭蕉。一天寒气来泙梗,四野秋声立市桥。

初淅沥,渐萧条。山河影里雁飞遥。霜严星冷何须语,宛转风神已付箫。

虞美人

西窗骤下侵霜叶。舞似晴春蝶。遥思玉臂倚阑干。昨日把来深巷、乍轻寒。

樽边谁叹欢情薄。莫让蛾眉觉。明年小阁约东风。定把新妆扶起、沁香同。

一寸金　成都

玉垒风绵,天付多情与中夏。更造作、秀簇剑南,艳压淮扬,旷代听涛香榭。故巷随宽窄,凝眸处,璧人游冶。秋风起,白鹭凌波,蒹葭月下乞谁画。

雀战胡天,莺歌匝地,盛世恨多暇。纵刹那、坤动乾挪,输与痴顽脾性,物来自化。蹴蹈青城雪,跻九寨,愿言凤驾。须佳日,阵摆龙门,逗一棚闲话。

南乡子

素手挽秋千。草长莺飞二月天。满架荼蘼芳自许,芊芊。秋到春深亦可怜。

毕竟是中年。稍一移时即惘然。到眼春光浑不识,关关。花鸟依人未破禅。

忆旧游　步韵清真居士

又疏桐坠叶,冷月窥楼,辗转中宵。历历流年影,怅鹃红蝶粉,早付飘萧。漫怜俊侣清赏,湖上兰舟摇。不觉晚寒生,莲波黯淡,脉脉香销。

迢迢。急光景,短日拼馀欢,天马扬镳。减却五湖气,惭尘中人懒,辜负朋招。而今鹤杳鸳老,谁念旧时桥。只惨绿儿郎,春衫岁岁骄碧桃。

金缕曲

携手无垠去。历湖山、鸢飞鱼跃,恰青春侣。二十四番风有信,休谓此情无据。算应托、三生缘故。缥缈峰头人小立,向云深、唤醒诸仙语。千载事,俱关予。

吟壶敲裂自甘苦。纵无人、解长沙意,吊灵均句。霄壤久违奇士气,应有蛟龙潜怒。更洒落、峡中花雨。古月绵绵如有待,照长川,之子凝眸处。一转盼,媚如许。

满江红　东日本大地震

海立扶桑,长啸泻、樱花摧绝。惊刹那、两间唯剩,败红残屑。泽国顿将香国洗,悲声旋逐涛声灭。寂箫市,玉影浣青泥,何人掇。

风雷搏,犹未竭;神鬼谴,从何说!叹瀛洲广濑,核能鹘突。劫火销镕玄圃玉,暗云怖恐京都月。祷大士、封鼎净霾烟,收寒铁。

太常引　可耻的办公室时光

邸书乱叠老君台,瞅得眼儿呆。满世界都呆。恨只恨、偏提未开。

鼠标胡点,频翻牛帖,号令企鹅乖。茶暖破孤来,咂一嘴、奇香漫腮。

减字木兰花　代桃花答主人

特来耍子。战罢春寒香不退。指日新晴。渥润仙颜丹转成。

相逢宜小。不惜莺催离别早。莫待明前。侬与卿卿各一天。

蝶恋花

饭颗山头馀野老。自把禾锄,自芟田间草。藜藿生涯心事少,鸡虫让与他人恼。

蜗触蚁封供一笑。吟到鬓苍,赚足春阴好。随意山桃酣岭表,临池最爱萍花小。

浣溪沙　甘雨胡同30号

首夏清和屐履闲。悠悠飞絮扑阑干。伊谁人海贮幽欢？

檐际几声新燕语，枕边一卷旧书蟠。居然薄醉卧长安。

鹊踏枝　削面

要借庖丁刀一片。韧腻团团，指掌徐徐转。蟹眼如梭吹不散。燎髯猛火何须限。

老子平生贪吃面。运箸如飞，大碗犹叹浅。羊肉煨汤须日见。东华门外巡多遍。

浣溪沙　　秋蝉

　　扫叶秋风下荻洲。曼歌犹系柳梢头。为谁最后一温柔？

　　任把吟魂同宿露，岂将心事托媒鸠。来生相见绿云稠。

昭君怨　　拉登

　　双子奇哀匪浅。十载逍遥不短。枭鹜数生涯。血翻花。

　　兵气倚天一鼓。怒焰嘘空藤树。瀚海送残春。莫招魂。

　　2011年5月1日，本·拉登为美军突袭队毙于巴基斯坦首都伊斯兰堡郊外。

卜算子

我有一支歌,为汝投溪濑。雾杳山高不见君,唯有虚舟摆。

近水折繁英,自把孤姿睐。哪计深情与浅愁,同泊相思海。

河传　奶茶馆

痴蝶。无歇。不能遮。梦里西湖岂赊。一朵鹃花入鬓斜。若耶。有人怜好些。

还忆旧时嘘冷暖。奶茶馆。人比春光懒。唇间弧。触之初。电如。此情无计疏。

生查子　桃花

一卷忏情书,得罪桃花朵。缤纷雨粉红,乱洒吾诗左。

猗兮解语花,当结忘忧果。长愿世间花,无向离人堕。

河传　菊花

几朵。篱左。背人开。浑似顽皮老怀。一夜秋风蹄铁来。飞埃。瘦魂立篆苔。

遗世孤欢应未减。汀兰岸。萧瑟不须管。后年花。任意斜。无涯。古氛匀梦些。

声声慢

秋风渚上,月小星寒,扁舟兀自放荡。醉里冥冥归向,荻花深帐。惺忪莫掣铁笛,恐叫醒,拍篷鸥浪。摩旧谱,试新腔,独旅且任轻唱。

竟夕水天清旷。抬眼处,银河向人微涨。续梦清商,暗把古欢酝酿。欢愁不须有物,灭旋生、潾沉万象。黑洞底,可也有人抬首望。

浣溪沙

飘瞥人间底事忙。一瓶一杖伴行藏,百虫声里坐成忘。

大壑云深涵海气,野塘风细动荷香,吟中岁月不知长。

浣溪沙

比日愔愔悭一辞。稍过风雨飒然时。栀花荔子盼归期。

探骑周巡三百里，芳踪切问一千回。荷蝉正闹水之湄。

清平乐　杜鹃

苔新小院。曙色群莺乱。光景清明凡几变。恼起一丛红颤。

打探青帝回旋。容颜特地新鲜。哪惜娇娃插鬓。春心最怕淹煎。

蝶恋花

检点青春云水册。唧唧虫鸣,给夜风收拾。衣袖挥挥亲爱的。泪流之际深呼吸。

应笑少年耽句僻。乱织新愁,被月光迷惑。驹隙流光追不得。甫追前影今还失。

菩萨蛮

大罗天外何人弈。小情歌里无留隙。白发不须催。青春各自归。

漫愁芳物灭。尚有沉香屑。紫匣舞双仙。相旋一柱烟。

菩萨蛮 我家菩萨（三首）

一

我家菩萨如蛮子。无端造作嗔和喜。碎语更婆娑。寸波含恨多。

芰衣迎白鹭。眺尽春风渡。叮嘱早还家。海棠方着花。

二

我家菩萨如蛮子。用心都在闲愁里。小别泛云槎。泪垂湖畔花。

半春唯絮念。尽日朱帘卷。青鸟度重山。明朝相见欢。

三

我家菩萨如蛮子。出门爱逗闲池水。荷鼻立蜻蜓。让它蛙一坪。

夏天容易过。摩腹心经课。蓦地一声哇。弥陀来我家。

菩萨蛮　日本京都醍醐寺庭院舞伎

美人素袜玄桐屐。凝妆来赏宫池碧。双靥照秋空。枫丹一倍红。

肤光难约处。雪月须深妒。贪看菊花簪。金鳞不肯沉。

解语花　七夕步朱七七

凉云东去，细月西浮，水榭吴歌曼。老荷倾伞。斟清渌，两袖临风自卷。匀香人远。谁对我、星眸徐剪。怅市桥、乞巧化灯，朵朵沿堤乱。

因忆当年玉腕。正都门游冶，青春新绽。双鱼渐倦。分携际、怕看黄莺缱绻。馀愁浩漫。还只付、羽觞一转。者世间、纵有新欢，怎敌他初见。

生查子　新编童话

王子甩披风,斩落园林锁。捧起小青蛙,贴在胸膛左。

一吻只轻轻,变出佳人我。再吻二连三,化作榴梿果。

减字木兰花　拟苦情步童轩梦华楼

丹衷难吐。空忆当时传帕素。误了良辰。唯有倾心老更真。

夜何由彻。此恨不关风与月。鹄立川湄。更咒流星作退飞。

童轩评:以今俗古雅杂而陈之,写得情出,不伤油滑,亦难能也。下片尤见生辣。

鹧鸪天（七首）

壬辰年初春客京华，访友人步堂于其寓所，对饮梅岭单枞，为诵庚寅旧作《鹧鸪天》，首句"快事于今只有茶"。蒙步堂偏爱其间声情，即兴唱和。余返粤后，仍以此韵相继酬唱十余叠。择七首，稍存知交论句之零羽吉光。

一

快事于今只有茶。武夷搜遍素兰华。秋风煮水谁非客，暝色侵衣始忆家。

嗟老子，类孤鸦。羽毛信是倦天涯。微辛已觉人间味，犹把名枞分外加。

二

打发春愁尽有茶。岩香才爇黝生华。佳人宛立风前径，野水应添岭外家。

须拜月，漫听鸦。桃花开得到天涯。忽听两个黄鹂唪，无赖心情一倍加。

三

演漾春温缓注茶。花光历历护年华。联镳岭海文章宴，弹铗幽燕处士家。

心未暮，鬓犹鸦。欲栽群玉遍天涯。前村会有香成阵，一点清欢愿更加。

四

客里淋漓七碗茶。云烟搜讨漱琼华。花花叶叶今犹古，梦梦尘尘路近家。

凭晚树，念归鸦。兰成何处赋生涯。箫心向未随流水，一曲阳春我自加。

五

梅岭寒香碾作茶。伊人抱梦入京华。素衣振起今何世，紫燕归来旧有家。

云上马，日中鸦。阳和有脚抵天涯。漫愁城外青未到，春水新闻渐渐加。

六

　　世味年来淡过茶。声情偶寄到辞华。
青山遍踏谁堪友,白昼消磨尚有家。
　　临水鹳,眷巢鸦。草窗一角接天涯。
感君千里光风馈,胸次清芬觉顿加。

七

　　识得单枞始爱茶。岩坑叶叶选精华。
杖寻云水三千里,灯剪知交一两家。
　　温似玉,黛如鸦。清芬合伴老生涯。
谁言汤底稍存涩,堪作荠甘妙味加。

眉峰碧　怀人

一夜动西风，池馆销千萼。尚有黄花抱古香，独自成篱落。

知己化山阿，旧约应犹昨。明月须臾送影来。定是精魂托。

长相思　隐括旧约传道书第三章

荣有时。悴有时。青帝风怀蝶不知。朱弦莫急催。

晴未迟。雨未迟。涵养春工尽在伊。容光暗暗回。

柳梢青

蝶戏须间，蜂窥萼里，有朵花昏。拂去还来，飞旋不定，恼恨情尘。

游丝百丈纷纷，更休问、者是谁春。好日须臾，看花人近，觅遍河滨。

减字木兰花　题画五首

题倪云林《幽涧寒松图》

故家何在。老干枯寒天远大。雪涧苍苔。鸥鹭悠然照影来。

贵交羞谒。但与白云相媚悦。笔懒人迂。试放溪声入草图。

题王原祁《疏林远山图》

孤山映照。处处春云思谢朓。驭梦游之。往往苍茫遇大痴。

金刚杵。未落　春丁熟处。静女姱眉。淡扫空青遗所思。

麓台山水祖法黄公望。时虞山王翚以清丽标举，麓台乃以高旷迈之。客有举翚画为问，曰："太熟。"尝自题图卷云："不在古法，不在吾手，而又不出古法吾手之外。笔端金刚杵，在脱尽习气。"

题王时敏仿古山水图册

穷搜灵窟。大块浑成凭点刷。妙设阴晴。雨气岚光自我生。

老怀谁与。有子期期来复古。扁鹊难侔。轴里云山可愈头。

王时敏极赏王石谷之《秋山红树图》,自言尝苦嗽,得此图饱目累日,遂霍然失病之所在,以此知昔人檄愈头风,良不虚也。今观烟客山水,会意者亦应得是效欤。

题王鉴仿古山水册

万山如故。都是道人曾倚处。老月深怀。松下茅棚矮亦佳。

幻中游屐。染得四朝烟水碧。哂我平生。只有丹青未忘情。

王玄照元气灵通,别开生面。画风出入南北宗,凡四朝名绘,见辄临摹,务肖其神而后已。尝谓:"余生平无所嗜好,惟于丹青不能忘情。"

题王翚《庐山白云图》

巨灵挥斧。斫散千峰孤一缕。海表高泉。泻出浑沦未凿天。

渊渊岳岳。除却关仝难下脚。复有何人。大化涛头夺此春。

关仝之《庐山白云图》为海内名迹，耕烟野老遵古香主人之嘱，乃以意溯之。距细谛原作之年，已遥遥二十载矣。是作也，得古人之神理，而脱略其形态。

点绛唇　步宋人芦川居士

小阁凌荫，谁家芒果初堆树。密云屯处。预报倾城雨。

甘嚼新茶，蝉唱消轻暑。犹思否。片帆归去。故壑松风度。

眉妩　机上看新月

忆扶摇翼下。一掐新痕,夭小似琴拨。默抱团圆意,还随我,飞过水远山叠。素姿玉骨,被几番、寒霰吹彻。最难忘、照破茫茫黑,不言自奇绝。

鲜洁。霏微红雪。是蜡梅始染,丹槛初拂。才欲低声语,横波又、深深遮断柔髮。客怀崛郁,欲倩他、翻抚新阕。订佳夕重来,光更满,魂尤烈。

西江月　钢管舞

缘架蔷薇初放,受风燕子忽斜。蝉裳褪尽不须遮。春女慵勾春夜。

芳物天然翘楚,嫩弓合踏晶靴。人称西海摄魂花。曲罢凝波来谢。

解连环　用梦窗韵

壬辰十月,余访外曾祖父傅讳达泉及其兄达渊故居于龙岩新罗区红坊镇坎洋村溪边路。渊、泉皆加入闽西苏维埃,共殒于1931年之"肃社党"案。吾外祖母傅菊华斯时方十岁,睹行刑,备受惊,只身逃往他村。新中国成立后此案平反,二傅于1955年追认为革命烈士,然官方不知泉有一女尚在人间,亦无人为转达。吾家人于2008年始愕然悉此案久已昭雪,然外祖母已年近九十、耄且懵矣。彼一生皆自以为罪人子女,常于梦中惊醒,家事子女多为羁累。人世荒诞,孰能过此?

冻云千结。正酸风射眼,播愁何极。步岁晚、溪畔初寻,对败壁蜗痕,残阶苔色。历历春去,尚怕讲、辕南辙北。问门前水竹,社燕归时,孰知相忆。

韶光转头便掷。剩鬓老面皱,青女鬓白。偶检到、稗史残篇,骇字挟馀腥,墨沉凝碧。玉旨音迟,又怎暖、半生寒汐。怅今宵,拈花酹月,有谁解得。

生查子

炽然交悯然,著个多情我。多情遇薄情,譬似攻冰火。

冰自筑坚围,火必冲关破。裂我右心房,抱以心房左。

卜算子　步韵赠荆州朱七七

业风不肯空,心月无时定。可怪娑娑扫不完,满地藤花影。

者月者风花,十足清凉境。不礼如来不礼魔,倒比山门净。

踏莎行　辣子鸡丁

剔骨切丁,加姜佐酱。更浇老酽香辛酿。盐腌一刻粉调和,油锅略待七分烫。

金灿初捞,香稠重放。青葱猛炒花椒旺。回炉烹酒蔗霜融,芝麻怒撒汪汪亮。

宽堂:惊见菜谱入词,读之垂涎。

散天花

乱坠天花拾得么。惜惜谁倚槛,独骊歌。一春都被恨消磨。鲜风洄逝水,酿漩涡。

人较花愁孰更多。芳霏无语下,更婆娑。唯馀短发贺颜酡。销魂当此际,莫醒呵。

虞美人　咏荷

儿时识汝南塘上。颜色才新绽。青春识汝美人眸。落拓沉酣历历不能收。

而今忆汝潇湘浦。只有无情雨。恍然犹在水中央。一日为伊游溯一千场。

渔家傲

澹淡湖烟三万顷。藕花藕叶寻无径。残梦依微螺髻顶。光无定。何人拍散蟾蜍影。

总是维摩偏善病。短眠又被花熏醒。荻月萍风出小艇。琉璃冷。不应惊起鸳鸯瞑。

浪淘沙令

胜事本无常。乞得天香。杪冬晌午沏明窗。几索岩枞都透了,滋味方长。

两鬓已苍苍。怕被风扬。草书兴到似颠张。一阕霜词须急办,莫待杯凉。

青玉案

壬辰岁杪共友人萝岗香雪公园看梅。

密香宿粉吹溪路。啸诗侣,冲寒去。飞蕊都教眉发驻。试询苍鹭,此山可是,老湛浮朴处。

爱花莫惜花光遽。唾去剑南零落句。稍待青梅青几许。那时翻念,冻中呵手,绽破闲风雨。

明大儒湛若水致仕后尝闲居讲学于萝岗峰玉岩书院。

清平乐　墨竹

新篁鲜翠。只许伊人倚。庭院深深春似海,弹出潇湘风味。

澄水偏爱低枝。野腔解弄新题。还待千山月上,潋起满纸清思。

念奴娇

忆辛卯年初冬雨夜纽约时报广场闲坐。

烟霓斗雨,看个人收伞,肤光幽窈。午夜牛郎眉势懒,豪竹哀丝回倒。电送星迎,声蜚色动,各占二三秒。降晶球处,孰曾聆取神叫。

此际我正厌然,消寒独坐,选摄芳菲少。故里溪头椎布女,半世向西轻笑。费尽熏香,望穿珠树,荒了向时道。东皇遥祝,叩关休遣凡鸟。

皂罗特髻

一无所有,任雪紧霜摧,碧山颓瘦。一无所有,任海枯天皱。任人訾、一无所有。莫如何、所有终将朽。一无所有,赠我纤纤手。

生就一无所有,笑无中生有。我还驻、一无所有。裸风月、漫与晴光逗。一无所有,尔汝深深嗅。

解语花　癸巳二月初二

青添老树,粉点蛮藤,春到低檐下。耍风儿罢。嘲蝴蝶,扑错秋千小架。柔光乱泻。助伊作、谢家清雅。向露庭、指点新英,解闷杯闲把。

今日六龙初驾。合钿钗出戏,鱼鸟同冶。桃笺密写,寻思著、拟与东君作嫁。青禽多谢,衔枝向、旧时溪舍。欢未阑、新月微红,款款深深夜。

鹧鸪天　暇中董理友人信函

鸿爪参差未易忘。寒宵蠹箧抚微黄。幽姿久适云山远，腻字微生海月凉。

由历历，入茫茫。春时谩道景光长。斜行淡墨馀底物，数叶徊风响旧廊。

水龙吟　2013年4月11日受伤纪事

老天连日轻阴，雪狸伏案眸微启。银钩斜划，血痕轻点，密书心字。罗刹堕香，菩提尢树，佛魔惊刈。叫沧浪倒立，奔星提速，眼如电、拳如矢。

一瞬虚空破碎。只深留、情伤孤寄。绛花开处，石榴尖叫，老钟停矣。精卫怒芒，嫦娥怨袂，委然蝉蜕。托春光、赐足庄周异梦，缓须臾死。

宽堂：似有一段盛怒情事。隐秘惝恍，似达利之画。

沁园春　罗浮山

依约罗浮,骑梦而来,云深懒还。问月融蓬岛,谁分宾主;海跨虹气,可炼铅丹?天地劳形,阴阳缚我,解脱处、松花落古坛。风烟动,乍神光离合,不在人间。

峰闲。我亦萧然。堪祈幸、芥中馀此宽。爱麻姑妆境,澄晖返照;白沙洞府,紫蝶周旋。过雨豆肥,探春芽嫩,待料理、仙家菜一盘。嗟吾子,曷学安期也,只拜灵官。

拜灵官,真胜于拜达官。即所谓"五官灵动胜千官"。

丁香结　步朱七七

　　若干年前法国归来,人问埃菲尔铁塔如何,我云不记得了,唯记彼电梯管理员极美矣。

　　空网兜花,鬼工衔铁,春云截将愁去。俯蚁新槐古。眺赛纳、尚笼高卢烟雨。玉梯回转处,轻盈见、绿裳欲舞。神清如水,算是第一平生仅遇。
　　凝注。定不属红尘,以后相思自苦。莎朗斯通,应犹输与,苏菲玛素。更念鸦鬟浅掠,未笑还娟妩。哂归来蝶梦,唯有游丝暖絮。

琐窗寒　癸巳二月初十与朱七七陈渔之顾青翎鹏城小聚

嫩柳舒春，攸然燕子，亲人帘户。郊原绿涨，倏尔洒来微雨。倚飙轮、江山生动，盈盈浅水如私语。快曲江采菜，层楼命酒，整携诗旅。

城暮。灯妍处。降鸿驾翩翩，鹤仙三五。风华一卷，递与吟边箫侣。问修篁、摇曳潇湘，伊人泪迹犹新否。对座间、这朵明霞，潋滟浮尊俎。

绛都春　题吾家楼下之莲雾

轻红冒树。被密叶巧遮,曦光微注。嫩靥和羞,还在蝶窥莺探处。晨昏守定归来路。但与我、目成神遇。粉憨青骏,冰绡玉质,积修丹侣。

莫去。瑶台凤阙,冷清了、小院一廛朝暮。月下寻思,欲倚阑干低诉与。鞬然相对浮香缕。更忆起、暮春烟絮。一时风露都殊,翠裳又舞。

倦寻芳

壶天破谧,禅寺戢秋,人倚空碧。望里双鹅,相呴弄波无迹。但得山花携一朵,管它案卷如山积。笑平生,惯湖山汗漫,桃津穷索。

试唤起,潇湘静女,瀛海真人,痛饕晴色。嫮目娥眉,犹是早春新识。谁信头陀真面壁,中间有段风情逸。驻璇阶,问婆娑,却无从觅。

念奴娇

童轩先生命题武元直《赤壁图》,追和坡仙韵。

峡江倾酒,未浇得、此老胸中灵物。一苇超然,轻折过、千丈寒烟绝壁。鬼斧皴岩,仙钗擘水,活句弹涛雪。飘飘何似,羽衣飞近词杰。

专爱木落星稀,定中无尽藏,天香浚发。胠箧山河,都付了、渔火凫灯明灭。唤取冯夷,相从歌窈窕,辉生眉发。重来过我,轴端呼出明月。

童轩评:和作而不似者,才也。和之而有似者,亦才也。持以问坡仙,或亦不以为忤欤?

贺新郎　贺赵老玉林词丈九七大寿

不老经霜菊。记当年、雄文奇采,飞腾场屋。非罪投荒怜公冶,君子温然似玉。归来对、溪山袒腹。剪碎白云分胜侣,呪彩毫、一片天真福。忘昨岁,度九六。

秋波倍与春波绿。乐掀髯、指点风光,吟喷霜竹。自禀风标成诗史,说甚蒲轮琼縠。早看淡、兴亡棋局。万姓恫瘝都在抱,用铿锵、脱略翻新曲。我再拜,听不足。

汉俳六首 日本纪事

千载雷门典。浅草春光明似剪。遥想平安辇。（浅草寺）

起来褰绣幌。要为仙郎缝鹤氅。断针还供养。（针魂供养碑。首句用欧阳修成句"寂寞起来褰绣幌"）

仙山愿不违。繁樱犹照太真肥。冰雪嗣前徽。（退隐影星山口百惠忽自道为杨玉环东渡遗裔）

万法随风转。三藏袈裟添美眷。禅关生缱绻。（明治起不禁僧人食肉娶妻）

山容归太古。推窗乍晤全忘语。雪意满澄湖。（精进湖畔拂晓看富士山）

山深久酿春。风俗何须问主人。去检古新闻。（山中客栈将过期报纸精心整理放过道供旅客读署之古新闻）

浣溪沙

甲午春和梦华楼主人

鸭绿鹅黄触日新。行行不外可怜春。薄荷调酒忒销魂。

小谢风光犹有待,老夫心地本无尘。携壶来劝怅花人。

浣溪沙

甲午九月三十霜降日自寿兼怀人

白菊红萸取次收。夜凉何事作飕飕。比年心迹类虚舟。

漫抚巅毛伤老大,懒删绮语哂夷犹。故人依旧馈温柔。

如梦令　秋裤

维彼腈纶之缕。每与风流龃龉。良夜欲温柔，静电哔剥锥股。秋裤。秋裤。毁了心情无数。

如梦令　星际穿越Interstellar

虫洞也曾出没。黑洞也曾颠蹶。谁信旧兰闺，收纳五维溟渤。穿越。穿越。我辈情钟不歇。

如梦令　Q上赠宽哥

曾经男痴女娞。欠了感情的债。雪地拜禅师，给我当头一盖："无碍。无碍。年少多谈恋爱。"

宴西园

知己唯消一二。此生只行乐耳。不替古人愁,耐春秋。

篱菊何须我种。蝴蝶曾将我梦。坐等野荷开。带风来。

柳梢青　端午

独立高飙。思征极浦,梦近神皋。木末芙蓉,江中帝子,襟上风潮。

莺花送尽前朝。送不尽,斯人寂寥。岸芷汀兰,无声念着,一段离骚。

清平乐

有缘相遇。有恨蒙蒙雨。有道春愁沾似絮。有悔别时不语。

有阵未忆前欢。有时做梦都难。有请诸天相护,有教花雨掩关。

清平乐　吾家小儿三岁

这娃可笑。性格囥才好。赶兔撵猫心不小。岂怕栽葱翻倒。

生长西蜀蛮村。青山绿水无尘。见面从来大气,梳头不用中分。

清平乐　题西昌抗战阵亡将士纪念碑

暮春人静。布谷鸣幽径。重拜国殇悲自醒。风住落花难定。

青史无计杀青。平章总是不平。多少埋名将士,未见负疚公卿。

清平乐

某年某月。对月浇骚屑。尺纸载愁愁似雪。片片焚为蝴蝶。

湖海迹与心违。虚舟未省已非。此际月光依旧,在空在水在衣。

清平乐　墨竹

新篁鲜翠。只许伊人倚。庭院深深春似海,弹出潇湘风味。

澄水偏爱低枝。野腔解弄新题。还待千山月上,瀹起满纸清思。

清平乐

田头粗酿。酹做琼浆想。寒雨斜风围坐幛。预约青神花样。

看化也要年年。流水待上冰弦。许我好春如梦,任他春梦如烟。

清平乐　口香糖

一枚纤小。足以纾幽抱。天气全交名士恼。我自嚼牙为好。

只要口角微香。哪管鬓上微霜。不是久衔无味,险忘人在他乡。

清平乐　牙签

一枚尖小。解识穷儒抱。何物黏牙真着恼。总以剔除为好。

胸有楠竹天香。论极伶俐冰霜。怜彼虞翻骨相,削成不认仙乡。

清平乐　西禅寺旧游

花空梵境。荔子光阴静。独往温情成峭硬。米汁禅风自领。

春明盼似隔纱。当年人物绝佳。记得鞭然一笑,淡黄衫子夭斜。

怡山西禅寺有一联,清人陈承裘作,吾深喜之。联曰:"谁与同龛,米汁禅中无我相;鞭然一笑,荔枝香里看人来。"

蝶恋花

海角鲜风条石路。老井新苔,乱洒藤花雨。藤影花痕何足数。春时也是没头绪。

醉倚阑干漫讲古。讲到初心,揽得流光住。莫问闲愁赢几许。一鸥翻入天青处。

喝火令　小儿三岁

吾囝萌萌哒,嬉皮白乐天。摊骸舞手[①]惹人怜。脑后一根小辫,盘个小圈圈。

昨被爹娘哄,参加小四班。沦为群众太熬煎。我要涂鸦,我要打秋千。我要揾回真我,不上幼儿园。

①摊骸舞手:福州方言,意为手舞足蹈。

玉楼春　甲午中秋步潮人张松

　　九寰又放清光嫩。秋水蒹葭谁解问。天涯须共此时圆，完璧强从空际认。

　　沙痕鸿爪依微印。底事蓝桥悭一信。尘间百计易成非，默想当时眉色俊。

念奴娇

甲午深秋南法嘉德水道（Pont du Garde）纪游

　　岩廊孤峙，化白虹补足，碧坳云镈。石濑溅溅鸣不已，歌颂万神罗马。亟出雷车，遍颁铜表，千载夸雄霸。故渠荒矣，只馀垣古宜画。

　　老子自驾轻车，到来空谷，暮紫初飞下。秋栗分香澄肺腑，墩底电霓光射。衣上风清，笛中波黝，恺撒何人者。徘徊微哂，可怜今夕无价。

一萼红

甲午七夕与友人什刹海酒吧天台小坐剧谈近代史,用七七韵。

蠹鱼残。共调冰说史,依稀柝声寒。雪窦龙腾,韶冲虎跳,封神转眼诛仙。星火溅、燎成狂焰;青天老、白日坠虞渊。百战河山,销凝碧血,凋尽朱颜。

此际荷花池畔,有光莹玉臂,香约云鬟。银锭桥喧,柳荫街窄,荆轲暗老幽燕。更休话,屠龙刀法;谑风月、偎热酒家栏。恁把所南心事,打发吟笺。

水调歌头　甲午中秋咏月

月是人家女,打小爱人间。蓦然光足逃去,奔上碧空悬。手植婆娑丹桂,也办涛春云碓,幽独更婵娟。异代骑驴客,惆怅拜冰颜。

挹芳露,怜顾菟,擘瑶笺。素辉漏处,翻起千壑白衣莲。莹彻诗家风物,密送星槎飞越,梦贮水晶盘。耿坐无声里,深忆有情天。

诉衷情　和明人眉庵词

题襟风雨凛于秋。古调共谁投。遥天征鸿听尽,可以送长愁。

头便白,梦难休。剑还求。中年心迹,醉拍阑干,独立飞楼。

浣溪沙

读笛仙虞美人咏梅,深喜"陶瓶白水养精神"一句,试以小令衍之。

岁杪深山美一人。苔枝未拗已销魂。携来精舍复无尘。

虬骨冷香空色相,胆瓶清水著风神。小寒天气自温存。

醉花阴

簌簌金风银杏路。之子曾回顾。徙倚近中秋,犹是寒蝉,犹是寒蝉语。

蟾光今夜高何许。且引轻愁去。莫丼黑咖啡,呷到深思,呷到深思苦。

丼,发音近于"冻"。古同"井"。宋人丁度所撰、清人方成珪考正之《集韵》中:"丼:投物井中声。"今闽人谓东西掉了,亦用此声。本词借以指"掉入"之意。

醉花阴　步稼轩词

月娘最与儿童好。仙质原难老。满意赴中秋，望里吟边，莞尔生微笑。

天中桂子垂多少。香覆环形岛。稚子叫嫦娥：姐姐来呵，饼子分匀了。

踏莎行

阿姆斯特丹梵高纪念馆外见一苦脸人，极似梵高。

麦涌金涛，鸦翻黑雨。馆街镇日秋情绪。络腮毡帽者何人，苦颜叉手凭枯树。

冠盖纷然，骚人几许。繁星眩入湍流去。框前谁不骇光芒，当时葵藿无倾处。

醉落魄　咏村头夹竹桃

夭夭谁者。急忙来送棠花谢。褶裙烂漫翻新夏。喜地欢天,好个村姑也。

粉红嫩白痴难写。韶光一霎原无价。当时曾出秋千挂。万种风情,吾欲求诸野。

踏莎行　步明人张一如

底事填词,无端有慨。天人坠入娑婆界。白怜法眼欠分明,参禅参入花间派。

秋月关心,春风可爱。此生绮语来生债。来生不必悔多情,尘中多少庄严坏。

虞美人

寄七七渔之心悦琰之，记八月二十鹏城小聚。

秋光澹泊兰情绮。醉入疏篁里。世间冠履浼轻尘。几辈犹为隔水拜花人。

凭阑猛忆闲闲语。桂子浮香缕。吟怀窈渺为君开。领取好风良月载归来。

大酺

番禺大夫山骑行纪事，步渔之韵兼寄逸云。

抖擞轻盈，联单骑，蹬入老篁千簇。天南冬日好，就蕉衫一领，共流云逐。缓踏承花，疾冲觅涧，长啸划开空谷。幽径回旋处，有柔波递闪，豁人眉目。爱岗顶淹留，乔松洒脱，古欢随触。

故人情可掬。素心语、三二子都足。更安用、酒盘推换，市虎喧呶，哂平生、鹤心难束。底事归鞍早，别襟上、桂香微扑。似预约、新词馥。明春何事？仍是双轮相属。访遍翁山往躅。

苏幕遮　题三山窗外木棉步胡兄

奋轻雷,消薄晦。袖出灵芝,挝得重霄碎。千炬熊熊擎海浚。老子婆娑,共此朱颜醉。

钓龙台,埋剑地。孽子孤臣,曾识啼鹃泪。化絮天涯谁解意。荔子红时,默想风云气。

苏幕遮
题番禺诜敦村天南圣裔祠畔木棉

灼寒邨,蟠远古。立地彤云,中有灵禽语。廿四番风知旧谱。艳发南离,朱笔才飙举。

罕斯人,吾孰与。炎运终张,磅礴敷兹土。沂上风雩能记否。春服既成,花欲偕人舞。

江城子　我的单车生活

　　青山放纵野人车。有风乎，老歌如。小鸟枝头，曼妙演文殊。丘壑池塘皆识我，荷掌覆，泻珍珠。

　　长房缩入玉冰壶。穿云庐，咬春蔬。笑彼土豪，真趣已全疏。四毂争如双毂好，周而始，转灵枢。

江城梅花引

　　当时相悦顿忘遮。解柔纱。缚柔纱。禅榻鬓丝，跌入赤城霞。道是仙家风致好，人小小，众芳中，尚此花。

　　此花此花绝纤瑕。踵生华。鬓慕鸦。抵死抵死，抵不尽、转瞬生涯。别后才知，人世有风沙。此刻无聊倚水榭，还独夜，念花枝，底处斜。

最高楼　鼠标

玲珑颗,心绪脉冲窥。业海滚轮陪。贪花曾失由来径,怜人因褰众中帷。指尖温,屏际幻,叫人痴。

点一下、瞳仁中底漆。击一下、江流中底楫。幽情共、壮怀齐。频翻雁帖缘何事,自投帝网欲奚为。旷周旋,都不出,小柔荑。

最高楼　葫芦

乾坤大,大过此间无。依样写瓢图。洞庭波送纯阳吕,杖头风拂老髯苏。笑轮囷,成廓落,尚凌虚。

贩一点、常无功底药。剖一对、自多情底爵。浑不着,岂求馀。醉乡跳入天亲近,蒲团倚倒鬼揶揄。众人歌,吾亦醉,且糊涂。

南歌子　自嘲用福州方言

吃饽非容易,趁钱岂偶然。恻侬富贵笑侬寒。拣粒石头卜问水中天。

每乞驴同垞,终教宦绝缘。扁担平搭两头宽。扛着两筐笑话遘中年。

定风波　隐括罗大佑《闪亮的日子》

轻拨结他试缓歌。不歌其奈美人何。唱和莫停杯莫减。看看。谣中风月属谁多。

调涩音乖君莫笑。信道。青春犹自闪横波。谁识声哑弦迸处。负负。古愁千种裂逻娑。

首句"结"字出韵以译音故不改。

踏雪行

海冻蟾光,天孤鹜影。曲中心事浑无定。锋车也拟破奇寒,可怜翻与寒争径。

抱璞谁知,怀冰自警。虫天消息无人省。虹仙未识我归来,凭伊梅坞深深冷。

彩鸾归令　赠内

思美人兮。远黛遥青淡入眉。锦城春色不如伊。最宜诗。

自将雪腕穿乌瀑,谁使朱颜絮瓠犀。一生情景抱花时。有人痴。

鹧鸪天

人世欢颜得几回？特浓半盏郁芳菲。
稠如崖蜜徐徐渗，苦是楹花细细吹。

拼酩酊，在咖啡。灵氛沉浼谶天机。
剧怜析到无声处，天女维摩共一杯。

鹧鸪天

白鸟青山忏旧盟。木兰空忆楚骚经。
未还水月前番债，长负巫云一段情。

花莫笑，酒须盈。高歌休怯众灵听。
短宵合为修眉死，岂待相怜两鬓星。

踏莎行　三坊七巷春日步朱七七

风捋榕髯，日烘柳颊。玉山涧上飞蝴蝶。东君取径亦无羁，墙隈檐背花争发。

人海有容，我春先觉。小黄楼下山茶雪。借人亭馆话光宣，当时英气何痴绝。

彩鸾归令　赠菊斋现代诗歌心悦版主

心悦君兮。一别真成汗漫期。早春犹是绿云兮。我来思。

仙洲招手如烟矣，人海翻澜或厉之。梅花何日又吹兮。絮新诗。

踏莎行　春日听南音

弦上暗泉,意中芳草。水明兰榭歌尘嬝。乌衣素袜试琵琶,两三声起看倾倒。

人似春顽,竹因月好。大凡无意成幽窈。曲终一拍趁天心,檐花寂静青禽小。

踏莎行　春日听南音

风引三弦,竹批四宝。刺桐花里清音好。爱将指谱手亲抄,就中亦有春难老。

子弟都佳,郎君绝妙。一声点醒相思窍。梁州馀意在谁家?古愁生怕琴丝咬。

三弦、四宝皆南音乐器。弦友皆尊后蜀孟昶为先师,尊称之"孟府郎君",自称为"郎君子弟"。冯延巳:"仿佛梁州曲,吹在谁家玉笛中。"

浣溪沙　三通桥

第一江山鐍未开。单车觅遍古南台。废园花鸟侑微哀。

消息仍从空际断,烟丝直似故人来。三通桥上小徘徊。

更漏子

背渌波,舒长袖。池上秋同人瘦。吟木落,拂风来。霜荷不自哀。

西禅路。独来去。谁记亭亭飙举。怜负了,少年心。红愁坠一襟。

鹧鸪天　步笈云

石有灵光树有芬。飞桥小立渥天恩。鹤窥老子疑同类，蝶近幽兰各种因。

存大体，黜吾身。心存目击俱淳淳。词仙有意须过我，一笈烟云待细温。

周熙如，别署笛子、笈云，娄东人。有《笈云词》。

清平乐　赠笈云

东风正好。梅萼盈盈小。昨夜池塘生绿草。愿听笛声飞到。

休论哀乐相循。坐彻花气氤氲。我有水仙一簇，弹指送去清芬。

忆秦娥

　　东风劲。青神乍下催花令。催花令。晴晴雨雨,小桃争迸。

　　灿黄嫣紫迷幽径。孤台独坐花间暝。花间暝。春山如海,古愁如磬。

忆秦娥

　　岩花落。岩花落尽何人觉。何人觉。东风吹老,海山仙鳌。

　　一春负尽花前约。柔肠谩自思量著。思量著。无情白鸟,不言红萼。

诉衷情

熏风一缕破春眠。燕语哢暄妍。秋千还似那际,飐入紫藤烟。

篁解箨,柳吹绵。奈何天。惺忪旧梦,懊恼流光,独卧花间。

诉衷情

相思捻遍六根弦。呢语祛轻寒。谁将故厝风味,挟入指间传。

花懵懂,鸟潺湲。月婵娟。短春如许,良夜何其,一味清欢。

忆秦娥　题朱七七弹古琴图

天香拂。鬓云如漆衣如雪。衣如雪。翛然素足,渌波轻蹴。

白莲芗泽谁能说。冰弦倒泻千秋月。千秋月。潇湘云淡,广陵风烈。

鹊桥仙　戊戌七夕步童轩先生

仙槎迢递,云裳缥缈,徙倚明河几度。人间离合亦寻常,却指点、双星怨慕。

秋风醒额,黄花照鬓,依旧眼前媚妩。今生若不负初心,有量子、纠缠尔汝。

暗 香

劫销空色。又何人吹起,花间霜篴。小立荒寒,一缕芬香被谁摘。世外灵根自亘,休付与、樵刀虫笔。却独对、坠萼伤心,苦酒洒离席。

香国。定无寂。怪冻雨初停,愁云犹积。翠蚙默泣。素魄天涯许相忆。回眄溪南幽峭,几枝蘸、春空澄碧。祝归来、珍重意,海风省得。

疏 影

空山瘗玉。念胎仙爱向,琼枝栖宿。孑立江潭,素蕊莹辉,冷香扑上霜竹。无端雨洗风梳去,只剩得、临流怅触。暮烟寥、且挈青红,来酹水天孤独。

长恨芳时自许,却匆匆负了,身畔柔绿。漫道何年,还共花修,坐老一椽茅屋。野云漠漠春痕远,忍再唱、别离悲曲。只暗把、一缕幽馨,谱入苦寒词幅。

忆江南

秋风起,阿母在何方。明月又来濛我眼,江声无故断人肠。渐渐味秋凉。

霜天晓角　步童轩先生咏紫芍药

温柔如谑。婓尾春光灼。楚艳茜裙翻舞,将离也、柔波烁。

微愕。还梦昨。浩态狂香蕚。谁把东君劝住,珍重此、霓裳薄。

千秋岁

山谷道人词曰:"奴奴睡,奴奴睡也奴奴睡"。人或诋其狭邪侧艳,吾特爱其风调天然,是夜不睡以和之。

少年情事。佳侠矜相对。朦星眼,嘘兰气。花匀唇上蜜,蝶绣裙边字。何缱绻,韶光一霎非耶是。

短梦能重选,不放零香坠。巫山枕,清辉臂。商量春永驻,拼取天沉醉。都去也,而今赢得蒲团睡。

行香子

便把憨翁。化作顽童。这春色、好大神通。阳和无弃,雨露从容。拥梅花古,水仙瘦,木棉雄。

鬓飞海绿,花醉颜红。更相约、放鹤青空。休怜欢遽,小住情浓。但随春脚,鼓春力,畅春风。

柳梢青　咏西禅寺宋荔步晓翁

偃蹇忘年。听泉倚石,有个乡贤。自喜神腴,岂忧身瘦,振鹭苍巅。

蝉嘶相与荷喧。绛衣擘,伊谁解颜。香里有人,嚼时无我,老荔通禅。

一萼红

吝春阴。正融和天气,江阁小登临。鸥背风暄,柳须光碎,鹂舌百啭清音。须极目、西旗东鼓,倩谁借、海色豁胸襟。杯里青山,鬓边白雪,相笑浮沉。

天下何思何虑,问水流云住,底处生心。大壑藏舟,长绳系日,那识羲驾骎骎。莽烟渚、葳蕤摇动,中应有、蝶梦小幽寻。芳约休迟来日,只合而今。

蝶恋花　步呈童轩先生

起听东皇六辔早。款段山河,响涧翻新藻。兰竹猗猗瞻大澳。光风先驻珠江道。

我爱诗翁诗不老。细柳雄棉,并入春怀抱。莺哢小窗顽亦好。居然渐渐苏群槁。

第七辑　现代诗四首

（庚寅至己亥之什）

坚持与问候

不停打滑,不停坠落,不停盼望
被机器吵醒,被药物催眠
美满的合唱队里,你的呼叫比虫卵更轻
敞开旧屋的窗子,推土机正隆隆来临

我想穿上蝉色衣裳,住到天边的柱子上
我想踩过荷叶,像青蛙抱住午夜凉风休憩
嘘,你说,围墙坍成粉尘,道路卷入轰鸣
我们不要分离。"要把阵地坚守、动脉轻弹。"

等等我,让我牵着你
侧过脸,让我注视你
即使疲倦重如河山,河山轻如幻影
忧郁仍是我们相互问候的鼻音

(1994年12月,北京)

爱人

爱人,带我向无垠太空飞驰
我就是你擦拭星星的绿色绒布
就是你的指环,你心甘情愿的命运

我将同时是你的哺育者,你的后裔
我难道不是带着一个浩瀚的夜晚
一条未被污染的南方小道,来问候你

可是寂寞之中我未曾屈服,未曾
用痛苦来贿赂你,未曾
把自己变成怀抱鲜花空洞徘徊的侧影

我带着优秀的自我认识,潜入了
他们不屑的词语工具!我在每一方石碑中间
辗转反侧,用河流送服一脉远山

必须把你的爱变成光荣的赠品!
赞扬我,让我感激你的赞扬
爱人,大地上每一条出发的道路通向你

(1995年2月,北京)

甘雨胡同30号

比小四合院更高的
是教堂。更高的
是新东安商场。更高的
是一台缓缓转动的吊车。

而我最爱的,乃是
奇怪而高的晴空下
一株秋树,它每片叶子的闪烁
皆与吾人有所诉说。

(2009年11月9日,北京)

问　候

一株老树,站在
太喧繁的路口。太偶然地
受了我的轻轻一抱。

此际,树也许会听到
人心的婆娑,当人听到
树心的沉吟。

　　　　（2009年11月26日,*广州*）

跋：应是鸿蒙借君手

余世存

最初，初越给我看过他写的诗，是纯正的新诗，跟他的人一样，内敛、平和，也有奥登的风格，理智、节制。朋友从国外买回来两本奥登诗集，我就把其中一本送给初越。

直至某一年，他给我发来四十首律诗，我才意识到，新诗人已经转向旧体诗。我读到了杜甫的沉郁，读到中年之音，但以为他只是一时猎奇，我也囿于自己的言路和生活，没及时回应。只是再见他时，把他的一首诗抄写给他，算是支持他的选择。

这次读诗集，才多少明白，他学写旧体诗的时间并不长，他受广西诗人陈肩的影响或说刺激，举意进入旧体诗，认真拜师学习，把旧体诗当作安身立命之所。我猜测，他在广东做时政媒体、做文史类公号,得风气之先,敏锐地察觉到当代汉语的不尽如人意,而立意寻找新的言说可能。

他的新诗实践也许并不多,但他十年的旧体诗生活是借重古典能量而实施的爆破,他能转型成为优秀的旧体诗人,因为他对古典文明尊重而熟悉,如"独立市桥星似月,纵横心史气无涯",一联之中活用黄仲则和龚自珍的意象,这样的例子举不胜举。他的创作,足证古典文化仍有鲜活的生命,用他的话说,"世间有青山白鸟在,则唐诗宋词固在吾目前心上,无片刻须臾之离也"。他能成为优秀诗人,还因他有时政媒体的眼光,有新诗的经验,用他喜欢的诗人奥登的原则,就是诗人要传递一个时代的经验。蹬车让他的诗思泉涌,"平生快意寻常事,一箭单车猎晚风"。问道不问贫的心性让他写出"妻子相将赋采薇"的句子,使老师"大摇其头,盖恐为诗谶,陷家人于荒寒也"。

萨特称道加缪的话也适用于初越,"直到昨天,人们还在揣度:他将要做什么?因为他被一些不可回避的矛盾所困扰，曾暂时选择了沉默。但他属于那种罕见的人，他们迟迟不做选择，可一旦做出了抉择便忠贞不渝……"

初越从新诗转向我们的古典文化和旧体诗，同样有这个道理。白话新诗固然有直白的方便，但容易失之不文而流之于"偷"。旧体诗有所不同，它有着数千年无数圣贤才子们千锤百炼的加持，它有广大时空的赋能。以我有限的阅读，我知道屈原、陶渊明、王维、李白、杜甫、苏轼、龚自珍们的诗篇足以照亮人生，他们的文字绝不亚于轴心时代圣哲们的经典，他们的文字般若直取无上正法，让我们明心见性。

以母语中最精练的言思参赞天地，这是社会生活中最值得现代人一生皈依的事业；回到旧体诗，回到屈陶李杜们的队伍，这才是丰富、新鲜、生生不已的人生。正如尼采对歌德的称道："做地上的王者，这也是我和众诗人的事业。"旧体诗的极高明之处，在于它伏藏了天地间的消息。如初越和他的老师都认同的"诗谶"一说,文字本身在诗中承担了踏破虚空、直下担当的功用。

而一旦人举意弘道,道也能弘人。初越的诗证实了这一点。初越和他的诗活出了性情、道理,活成参见风云的大树。"故邦近已微乔木,秋实依然饱蠹虫",但初越并不止于此类观察。他耐心吟哦,我们可以从他诗中,感受到摇曳、穿梭于今古间的自得,感受到汉语诗歌在当代生长的另一种可能。

后记

陈初越

记得母亲在前院的井边洗衣。六岁的我兴奋地跑来跑去,宣布:"妈妈,我又背了一首。你听:'日出而作,日入而息。凿井而饮,耕田而食。帝力于我何有哉!'"母亲威严而满意地从鼻腔里"嗯"了一声。

要许多年后,我才会追究起那首古风的可疑之处:若确如作者所说,帝力管不到他,则他完全不必多此一举,向世界宣布"帝力于我何有哉"。诗家多半是从困顿里、从匮乏中,悬揣着其实并未出现过的好时光。他们甘心活在文字的种种假象中,抚慰自己,虽然有时也羞怯地揭穿自己,遂有了浪漫诗人或写实诗人的名目。

不才居然也有了此集：体裁是旧与新的杂糅。我愿意坦白，集中大多数浪漫是虚拟的，而狼狈则是真实的——恰如飞过青山的白鸟，其实也并未打算优雅，多数时候，它与人类一样饥饿与贪婪。

编完此集，然而再也听不到母亲当面的"嗯"。我造过若干不知所云的句子，用了许多不着边际的修辞，而母亲总对我的浅薄与浮夸，予以无边际的包容和无分别的鼓励。那声有力的、肯定的"嗯"，回想起来，怕已是我此生之中能够得到的最大的奖宠——使我不断追忆并确信：真正的诗，如同母亲的爱意，存在于某个轻微的、简单的音节之中，一旦听过，就永远不会消失。是为跋。

2020年1月27日于闽江滨